AF190117

Thomas M. Meine (Ü./Hg.)

DER WENDIGO

Übersetzung der Kurzgeschichte 'The Wendigo'
von **Algernon Blackwood**
publiziert im Jahre 1910
in seinem Buch 'The Lost Valley and Other Stories'

Bibliografische Information der Deutschen Nationalbibliothek
Die Deutsche Nationalbibliothek verzeichnet diese Publikation in der
Deutschen Nationalbibliografie; detaillierte bibliografische Daten
sind im Internet über http://dnb.dnb.de abrufbar.

© 2025 Thomas M. Meine
Verlag: BoD · Books on Demand GmbH, In de Tarpen 42,
22848 Norderstedt, bod@bod.de
Druck: Libri Plureos GmbH, Friedensallee 273,
22763 Hamburg
Alle Rechte vorbehalten

6. Auflage Januar 2025
ISBN: 978-3-7481-6835-5

Inhalt

Vorwort zur Übersetzung

DER WENDIGO von Algernon Blackwood (1910)

Die Übersetzung wurde gelegentlich ein wenig freier gestaltet, der flüssigeren Lesbarkeit wegen, ohne dabei den Stil des Autors – und insbesondere der Zeit – zu sehr zu verletzen. Manche teils überlangen Absätze wurden aufgeteilt, auch mit Rücksicht auf die E-Book-Version. Dazu gibt es einige erklärende Anmerkungen. Diese sind direkt in den Text eingefügt […] oder wurden als Zusatz in den Satz eingearbeitet. Dies ermöglicht den Verzicht auf Fuß- oder Endnoten.

Algernon Blackwood (1869 – 1951), war ein englischer Autor, Esoteriker und Theosoph. Als Autor ist er für zahlreiche unheimliche Kurzgeschichten bekannt. Er behauptete, selbst Geistererscheinungen gehabt zu haben und dies in seine Geschichten einzubinden. Sehr geschätzt wurde er auch von seinem berühmten Kollegen in Sachen Übernatürliches und Horrorgeschichten, H.P. Lovecraft.

Wendigo ist der Name eines dämonischen Wesens aus der indianischen Kultur und kommt seit Urzeiten in entsprechenden Erzählungen vor, speziell bei den Ojibwa und Cree in Kanada. Er ist ein 'Menschenfresser' und bösartiger Geist. Sein Aufenthaltsraum sind dunkle Wälder oder verlassene Friedhöfe; sein Aussehen entspricht dem moderner Zombiebeschreibungen, vergleichbar auch mit dem Werwolf. Von seiner Statur her soll er so groß sein, dass er die Spitzen von Bäumen abreißen kann.

Ausdauernd und hartnäckig verfolgt er Wanderer und Jäger, bis die Dunkelheit hereinbricht, um sie dann zu überfallen und zu fressen. Gelegentlich treibt er sie auch 'nur' in den Wahnsinn.

Seine Opfer bringen dann andere Jäger, Freunde oder Familienmitglieder um, um ihr Fleisch zu essen. Die Geister von Wendigo-Opfern finden keine Ruhe mehr und werden selbst zu einem Wendigo.

Die Angst bei den Indianern war so groß, dass sie, ähnlich wie bei unseren Hexenverfolgungen, angeblich besessene Stammesmitglieder töteten.

Natürlich konnte man die Geschichten vom Wendigo auch Kindern und Jugendlichen erzählen, um sie von nächtlichen Alleingängen abzuhalten. In großen Hungerzeiten konnte man so auch den Kannibalismus bekämpfen, denn jeder, der Menschenfleisch isst, wird selbst zum Wendigo.

Es gibt noch andere Möglichkeiten, ein Wendigo zu werden: Man träumt von einem Wendigo, vielleicht ist man im Traum sogar selbst einer, oder man wird im Wald vom Wendigo erwischt und verletzt.

DER WENDIGO

I

Eine stattliche Anzahl von Jagdgesellschaften war dieses Jahr unterwegs, ohne auch nur eine einzige frische Spur zu finden. Die Elche waren ungewöhnlich scheu, und die verschiedenen Nimrode [leidenschaftliche Jäger] kehrten heim zu ihren Familien, mit den besten Ausreden, die sie sich einfallen lassen konnten. Dr. Cathcart kam, wie auch andere, ohne Jagdtrophäe zurück. Stattdessen brachte er aber die Erinnerungen an eine Erfahrung mit, von der er behauptete, sie sei mehr wert als alle Elchbullen, die er je geschossen hatte. Man muss dazu sagen, dass sich Cathcart auch für andere Dinge als Elche interessierte – unter anderem auch für die Launen des menschlichen Geistes.

Diese spezielle Geschichte fand aber keine Erwähnung in seinem Fachbuch über kollektive Halluzination, und zwar aus einem einfachen Grund (wie er es einst einem Kollegen anvertraute), weil er meinte, dabei selbst eine zu innige Rolle gespielt zu haben, um sich ein kompetentes Urteil über die Angelegenheit als solche bilden zu können.

Neben ihm und seinem Führer Hank Davis war sein Neffe dabei, der junge Simpson, ein Theologiestudent, der für den schottischen Protestantenorden 'Wee Kirk' ausersehen war (zu dieser Zeit auf seinem ersten Besuch in der kanadischen Wildnis) und dessen Führer Défago.

9

Joseph Défago war ein französischstämmiger *'Canuck'* [Spitzname für einen Kanadier], der einige Jahre zuvor aus seiner Heimatprovinz Quebec kam und in der Stadt 'Rat Portage' haltgemacht hatte, als die Canadian Pacific Eisenbahn in der Bauphase war. Er war ein Mann, der neben seinen einzigartigen Kenntnissen der Waldarbeiten und der Gesetze der Wildnis, auch die alten Lieder der *'Vojageurs'* singen konnte [Voyageurs = Personen, gewöhnlich französischer Abstammung, die im Transport von Pelzen in Nordamerika tätig waren] und obendrein noch gewaltiges Jägerlatein zum Besten geben konnte.

Überdies war er sehr empfänglich für den einzigartigen Zauber, den die Wildnis über bestimmte einsame Naturen legen konnte, und er liebte die wilde Einsamkeit in einer Art romantischer Leidenschaft, die fast zur Obsession wurde. Das Leben der Wildnis faszinierte ihn, woraus – unzweifelhaft – seine überragenden Begabungen im Umgang mit ihren Mysterien erwuchs.

Er wurde von Hank für diese besondere Expedition ausgewählt. Hank kannte ihn und schwor auf ihn. Dennoch verfluchte er ihn auch, so wie es ein Kumpel eben macht. Und da er einen großen Wortschatz an deftigen, jedoch total unsinnigen Flüchen hatte, waren die Unterhaltungen der beiden strammen und abgehärteten Holzfäller meist eher lebhafter Natur.

Hank sah aber ein, dass er den Fluss seiner Schimpfwörter etwas eindämmen musste, aus Respekt vor seinem alten 'Jagdboss', Dr. Cathcart, den er natürlich, nach alter Sitte, als 'Doc' ansprach und auch, weil er verstanden hatte, dass der junge Simpson schon ein *'bisschen Pfarrer'* geworden war.

Einen Vorbehalt gegen Défago hatte er jedoch – und nur einen. Dieser war, dass der Frankokanadier manchmal etwas zur Schau stellte, was Hank als 'Ausgeburt eines verfluchten und düsteren Verstands' beschrieb. Damit meinte er offensichtlich, dass dieser sich manchmal in einer Weise verhielt, die typisch war, typisch für einen Lateiner, mit Anfällen von stiller Verdrießlichkeit, wenn ihn nichts dazu verleiten konnte, ein Wort herauszubringen.

Défago war, so kann man sagen, fantasiebegabt und melancholisch. Man konnte aber in der Regel davon ausgehen, dass es nur dem Einfluss eines zu langen Aufenthalts in der Zivilisation geschuldet war, was die Anfälle auslöste, da ihn einige Tage in der Wildnis immer wieder davon heilten.

Das war also die Vierergruppe, die sich in der letzten Woche des Oktobers im Lager befand, in diesem 'Jahr der scheuen Elche', ganz weit oben in der Wildnis nördlich von Rat Portage – eine verlassene und trostlose Gegend.

Es gab da aber auch noch Punk, einen Indianer, der Dr. Cathcart und Hank in den vorausgegangenen Jahren auf deren Jagdausflügen begleitet hatte und als Koch fungierte. Seine Aufgaben bestanden lediglich darin, im Lager zu bleiben, Fische zu fangen und Wildbretsteaks und Kaffee mit ein paar Minuten Voranmeldung zuzubereiten.

Er trug die abgenutzten Kleider, die ihm von ehemaligen Herren vermacht wurden. Abgesehen von seinem groben schwarzen Haar und seiner dunklen Haut, sah er in dieser städtischen Kleidung genauso wenig wie eine echte Rothaut aus, wie ein Neger auf der Bühne einem echten Afrikaner ähnlichsieht. Trotz alledem hatte Punk immer noch die Instinkte seiner aussterbenden Rasse in sich; seine Wortkargheit und sein Durchhaltevermögen hatten überlebt, wie auch sein Aberglaube.

Die Gesellschaft, die sich in dieser Nacht rund um das Feuer gesellte, war niedergeschlagen, denn es war schon eine Woche vergangen, ohne dass es irgendeinen Hinweis auf Elche in der Nähe gegeben hätte.

Défago hatte sein Lied gesungen und tauchte in eine Geschichte ein, aber Hank, in schlechter Laune, hatte ihn immer wieder daran erinnert, dass er die Tatsachen so durcheinanderbrachte, dass es am Ende nichts als längst ausgeleierte Lügen waren, woraufhin sich der Franzose schmollend in eine Stille zurückzog, die scheinbar von nichts zu durchbrechen war.

Dr. Cathcart und sein Neffe waren nach einem anstrengenden Tag ziemlich fertig. Punk spülte das Geschirr ab und murmelte unter seinem aus Zweigen gemachten Wetterschutz vor sich hin, wo er später auch schlief. Niemand kümmerte sich darum, das langsam verlöschende Feuer wieder anzufachen.

Über ihnen glitzerten die Sterne an dem schon winterlichen Himmel, und es gab so wenig Wind, dass sich das Eis bereits verstohlen am Ufer des ruhigen Sees hinter ihnen bildete. Die Stille des ausgedehnten Waldes kam zu ihnen heran und hüllte sie ein.

Plötzlich wurde diese Ruhe von Hank mit seiner nasalen Stimme unterbrochen.

"Ich bin dafür, dass wir uns morgen auf die Suche nach einem neuen Revier machen, Doc", sagte er mit Bestimmtheit und schaute dabei hinüber zu seinem Arbeitgeber. "Wir haben hier in der Gegend noch nicht einmal die Chance eines toten *'Dagos'*" [Schimpfwort für eine Person italienischer oder spanischer Abstammung].

"Einverstanden", sagte Cathcart, wie immer ein Mann weniger Worte. "Ich denke, die Idee ist gut."

"Sicher ist sie das", fuhr Hank mit Selbstvertrauen fort. "Ich denke, dass Sie und ich uns nach Westen aufmachen, zur Abwechslung hoch zum Garden Lake. Keiner von uns war schon einmal in diesem stillen Stückchen Land – "

"Gut, ich gehe mit", sagte Cathcart.

"Und du, Défago, nimmst Mr. Simpson mit in dem kleinen Kanu. Rudert über den See, begebt euch dann über Land zu den Gewässern von Fifty Island und schaut euch dort gut am südlichen Ufer um. Die Elche haben sich dort im letzten Jahr massenhaft aufgehalten. Soweit wir wissen, könnten sie es dieses Jahr wieder tun, nur um uns zu ärgern."

Défago, der seine Augen auf das Feuer gerichtet hatte, gab darauf keine Antwort. Er war noch immer beleidigt, wahrscheinlich wegen seiner unterbrochenen Geschichte.

"Keiner war dieses Jahr dort oben gewesen, darauf würde ich Gift nehmen!", fügte Hank mit Nachdruck hinzu – so, als hätte er einen Grund, dies mit Bestimmtheit anzunehmen.

Er schaute seinen Partner scharf an. "Nehmt besser das kleine Seidenzelt mit und bleibt für zwei Nächte weg", fügte er noch hinzu, als wäre das alles schon fest beschlossen, denn Hank war als Hauptorganisator der Jagd akzeptiert und für die Gesellschaft verantwortlich.

Es war für jeden offensichtlich, dass Défago diesem Plan nicht sofort zustimmen wollte, aber sein Schweigen schien mehr als nur gewöhnliche Ablehnung auszudrücken. Über sein sensibles, dunkles Gesicht huschte ein seltsamer Ausdruck, wie der flüchtige Schein eines Feuers – aber doch nicht so schnell, dass die drei Männer keine Zeit gehabt hätten, dies zu erfassen.

"Ich habe gedacht, dass er aus irgendeinem Grund gekniffen hat", sagte Simpson später im Zelt, das er sich mit seinem Onkel teilte. Dr. Cathcart antwortete nicht sofort darauf, obwohl der Anblick, in jenem Moment, auch sein Interesse so sehr geweckt hatte, dass er sich diesen einprägte. Dieser Gesichtsausdruck hatte in ihm ein vorübergehendes Unbehagen verursacht, was er sich in diesem Moment nicht recht erklären konnte.

Aber Hank war natürlich der Erste, der dies bemerkt hatte. Das Merkwürdige daran war, dass er, anstelle sofort zu explodieren oder ärgerlich zu werden, wegen dieses Widerwillens, sofort damit begann, ihn bei guter Laune zu halten.

"Es gibt da keinen *besonderen* Grund, warum dieses Jahr niemand dort oben war", sagte er mit spürbarer Beschwichtigung in seiner Stimme, "jedenfalls nicht aus dem Grund, den *du* meinst. Letztes Jahr waren es die Waldbrände, welche die Leute ferngehalten haben, und dieses Jahr denke ich – ich denke, das ist einfach nur mal so, das ist alles!" Sein Verhalten war klar auf Ermutigung ausgerichtet.

Joseph Défago sah für einen Moment hoch, dann senkte er wieder seinen Blick. Ein Windstoß kam aus dem Wald heraus und verwandelte die Glut in eine vorübergehende Feuersbrunst. Dr. Cathcart bemerkte wieder den Ausdruck in dem Gesicht des Führers, und wieder gefiel es ihm nicht. Aber dieses Mal hatte die Art und Weise des Blicks die Dinge offengelegt. In diesen Augen, zumindest für einen Augenblick, erhaschte er der Schein eines Mannes, der bis in sein Innerstes verängstigt war. Es beunruhigte ihn mehr, als er sich eingestehen wollte.

"Gibt es da böse Indianer auf diesem Weg?", fragte er, unterlegt von einem Lachen, um die Sache ein wenig zu entkrampfen, während Simpson, der zu schläfrig war, um dieses subtile Handeln zu bemerken, sich mit einem gewaltigen Gähnen zu Bett begab.

"Oder – oder ist etwas mit der Gegend nicht in Ordnung?", fügte er hinzu, als sein Neffe außer Hörweite war.

Hank schaute ihn an, mit weniger Offenheit als sonst.

"Er ist nur verängstigt", antwortete er gutmütig. "Total verängstigt wegen eines alten Märchens. Das ist alles, ist es nicht so mein alter Freund?" Dabei gab er Défago einen freundlichen Stoß auf dessen in einen Mokassin steckenden Fuß, der sich nahe am Feuer befand.

Défago schaute plötzlich hoch, wie aus einem Traum gerissen, einem Traum jedoch, der ihn nicht daran gehindert hatte, alles zu beobachten, was um ihn herum geschah. "Verängstigt – *Unsinn*!", antwortete er mit einem trotzigen Erröten. "Es gibt nichts im Busch, das Joseph Défago Angst machen kann, vergiss das nicht!" Die naturgegebene Energie, mit der er sprach, machten es unmöglich zu erkennen, ob er die ganze Wahrheit sagte oder nur Teile davon.

Hank drehte sich zum Doktor hin. Er wollte gerade etwas hinzufügen, als er abrupt innehielt und sich umsah. Ein Geräusch hinter ihnen, das aus der Dunkelheit kam, schreckte sie alle auf. Es war der alte Punk, der aus seinem Verschlag gekommen war, während sie sprachen und der nun im Schein des Feuers stand – und lauschte.

"Ein anderes Mal, Doc!", flüsterte Hank mit einem Zwinkern, "wenn die Zuhörerränge nicht so überlaufen sind!" Dann sprang er auf die Füße, klopfte dem Indianer auf den Rücken und schrie laut: "Komm heran ans Feuer und wärme ein wenig deine dreckige rote Haut". Er zog ihn näher an die Flammen heran und warf noch ein wenig mehr Holz darauf. "Das war ein verdammt gutes Essen, was du uns da vor ein, zwei Stunden gemacht hast", fuhr er herzlich fort, so als wollte er die Gedanken des Mannes auf eine andere Spur lenken. "Es ist nicht christlich, dich da draußen herumstehen zu lassen, wo du deine alte Seele in die Hölle hinein frierst, während wir uns hier alle gut rösten lassen."

Punk kam näher und wärmte seine Füße, während er im Geheimen über die Redseligkeit der anderen lächelte, von deren Inhalt er nur die Hälfte verstand, aber nichts dazu sagte. Als Dr. Cathcart schließlich sah, dass eine weitere Unterhaltung unmöglich war, folgte er dem Beispiel seines Neffen, begab sich zum Zelt und ließ die drei Männer rauchend bei dem nun wieder hell glühenden Feuer zurück.

Er ist nicht einfach, sich in einem kleinen Zelt auszuziehen, ohne den anderen Begleiter aufzuwecken, und Cathcart, abgehärtet und warmblütig wie er war, trotz seiner fünfzig und etwas Jahre, machte das, was Hank als 'beachtenswert für sein Alter' beschreiben würde, unter freiem Himmel. Während das alles geschah, bemerkte er, dass Punk in der Zwischenzeit zurück zu seinem Unterschlupf gegangen war und Hank und Défago wie 'Hammer und Zange' miteinander zugange waren, oder besser wie 'Hammer und Amboss', wobei der kleine Frankokanadier der Amboss war.

Es erschien alles so wie das Bühnenbild eines Western-Melodramas: Das Feuer erhellte ihre Gesichter mit Flecken, abwechselnd in roter und schwarzer Farbe; Défago, im Schlapphut und Mokassins, in der Rolle des Schurken aus der Prärie; Hank mit offenem Gesicht und ohne Hut, mit dem unbekümmerten Hochziehen seiner Schultern, der ehrsame und hintergangene Held; und der alte Punk, der im Hintergrund lauschte, steuerte die Atmosphäre des Mysteriösen bei.

Der Doktor lächelte, als er sich dieser Details bewusst wurde. Gleichzeitig gab es etwas tief in seinem Inneren – von dem er kaum wusste, was es war – das sich ein wenig zusammenzog. Es war so, als ob ein kaum wahrnehmbarer, warnender Atem das Äußere seiner Seele berührt hatte und wieder weg war, bevor er es festhalten konnte.

Wahrscheinlich war es auf diesen 'Ausdruck der Furcht' zurückzuführen, den er in den Augen von Défago gesehen hatte. 'Wahrscheinlich' – dieser Hinweis auf eine auswegsuchende Gefühlsregung würde sonst nicht bei seinen scharfen Analysen vorkommen. Défago, so war er sich vage bewusst, könnte irgendwie Ärger verursachen. Zum Beispiel war er kein so zuverlässiger Führer wie Hank, aber weiter als das konnte er nicht denken.

Er beobachtete die Männer noch eine Weile, bevor er in das stickige Zelt eintauchte, wo Simpson bereits fest schlief. Hank, so konnte er sehen, fluchte wie ein verrückt gewordener Afrikaner in einer New Yorker Kneipe für Schwarze; es war aber mehr ein Fluchen der 'Zuneigung'.

Die lächerlichen Schwüre schwirrten nun ungehindert herum, da der derjenige, der hätte widersprechen können, eingeschlafen war. Sofort legte Hank seinen Arm fast zärtlich auf die Schulter seines Kameraden, und sie gingen zusammen weg in die Schatten, wo ihr Zelt matt schimmernd stand. Punk folgte einen Augenblick später ihrem Beispiel und verschwand zwischen seinen muffigen Decken auf der anderen Seite.

Auch Dr. Cathcart begab sich nach innen. Müdigkeit und Schlaf kämpften in seinem Kopf mit einer merkwürdigen Neugier, die wissen wollte, was Défago an diesem Gebiet oben bei den Gewässern von Fifty Island so in Schrecken versetzt hatte. Er wunderte sich auch, warum die Anwesenheit von Punk ein Hinderungsgrund gewesen war, wegen dessen Hank nicht zu Ende erzählen konnte, was er zu sagen hatte. Dann aber übermannte ihn der Schlaf. Er wird es morgen ergründen. Hank würde ihm die Geschichte erzählen, während sie den schwer fassbaren Elchen hinterher marschierten.

Eine tiefe Stille fiel über das kleine Lager, das so verwegen in dem Rachen der Wildnis eingerichtet wurde. Der See schimmerte unter den Sternen wie eine Schicht aus schwarzem Glas. Die kalte Luft prickelte.

In der Trockenheit der Luft, die still aus den Tiefen des Waldes herausströmte, mit Botschaften von fernen Hügelketten und von Seen, deren Wasser gerade anfing zu frieren, lagen bereits die schwachen, kalten Gerüche des herannahenden Winters.

Weiße Männer mit ihrem stumpfen Geruchssinn hätten die Gerüche vielleicht nie wahrgenommen; der Duft des Holzfeuers würde diese fast elektrisierenden Andeutungen vor ihnen verbergen, von Moos und Rinde und sich verhärtendem Sumpf, hundert Meilen weit weg. Sogar Hank und Défago, so feinsinnig mit der Seele des Waldes verbunden, hätten ihre Nasenflügel vergeblich ausgebreitet.

Aber eine Stunde später, als alle wie tot schliefen, kroch der alte Punk aus seinen Decken und ging hinunter zum Ufer des Sees, wie ein Schatten – geräuschlos, wie sich nur jemand mit indianischem Blut bewegen kann.

Er erhob seinen Kopf und schaute sich um. Die starke Dunkelheit erlaubte nur eine sehr eingeschränkte Sicht, aber wie auch die Tiere besaß er andere Sinne, welche die Dunkelheit nicht ausschalten konnte.

Er lauschte – dann roch er die Luft. Er stand da, bewegungslos wie der Stamm einer Hemlocktanne. Nach weiteren fünf Minuten erhob er seinen Kopf und roch wieder und dann noch einmal. Ein Kribbeln dieser wundervollen Nerven, die sich durch keinen äußeren Einfluss betrügen lassen, rann durch ihn hindurch, als er die schneidende Luft wahrnahm.

Dann, indem sich seine Gestalt mit der ihn umgebenden Dunkelheit verband, auf eine Art, wie es nur wilde Männer und Tiere verstanden, drehte er sich herum und bewegte sich immer noch wie ein Schatten heimlich zu seinem Unterschlupf und Bett zurück.

Kurz nachdem er eingeschlafen war, wühlte ein veränderter Wind, wie er es erahnte, die Spiegelung der Sterne im See auf. Aufgestiegen von den fernen Bergrücken des Landes jenseits der Gewässer von Fifty Island, kam er aus der Richtung, in die er gestarrt hatte. Er wehte über das schlafende Lager hinweg und durch die Spitzen der großen Bäume mit einem leisen und seufzenden Murmeln, das fast zu schwach war, um gehört zu werden. Gleichzeitig kam ein merkwürdiger, dünner Geruch die verlassenen Pfade der Nacht hinunter. Obgleich zu schwach und zu hoch oben für die feinsinnigen Empfindungen des Indianers, war er in seltsamer Weise beunruhigend, ein Geruch von etwas, das unbekannt schien – völlig unbekannt.

Der Frankokanadier und der Mann mit indianischem Blut drehten sich in diesen Momenten unruhig im Schlaf herum, doch keiner von beiden wachte auf. Dann flog der Geist dieses nicht zu vergessenden fremden Geruchs fort und verlor sich in den dahinterliegenden Weiten des unbewohnten Waldes.

II

Am Morgen war das ganze Lager wach, noch bevor die Sonne herauskam. Während der Nacht hatte es leichten Schneefall gegeben und die Luft war schneidend. Punk hatte früh damit begonnen, seine Pflichten zu erledigen, da der Geruch von Kaffee und gebratenem Speck die Zelte erreichte. Alle waren guter Dinge.

"Der Wind hat sich gedreht!", rief Hank stürmisch heraus und beobachtete Simpson und seinen Führer, die bereits das kleine Kanu beluden. "Dort, über den See hinweg, ist es goldrichtig für euch Burschen. Und der Schnee wird für kräftige Spuren sorgen. Wenn da oben irgendwelche Elche herumlaufen, werden sie euch kaum riechen können, so wie der Wind im Moment weht."

"Viel Glück, *Monsieur* Défago, *bonne chance!*", fügte er noch hinzu, wobei er diesmal scherzhaft den französischen Ausdruck seiner Anrede wählte. Défago erwiderte die guten Wünsche offensichtlich in bester Stimmung, und auch seine Schweigsamkeit war weg.

Noch vor acht Uhr hatte Punk das Lager für sich alleine. Cathcart und Hank waren bereits weit auf dem nach Westen führenden Pfad gegangen, während das Kanu, in dem sich Simpson und Défago befanden, mit Seidenzelt und Verpflegung für zwei Tage, nur noch ein dunkler Fleck war, der im Schoß des Sees ostwärts schaukelte.

Die winterliche Schärfe der Luft wurde nun durch eine Sonne gemildert, die über die bewaldeten Bergrücken hinwegkam und mit einer komfortablen Wärme auf die Welt des Sees und des Waldes unter ihr strahlte. Eistaucher flogen durch den glitzernden Nebel, den der Wind in die Höhe hob; andere Tauchervögel schüttelten ihre vor Nässe tropfenden Köpfe in der Sonne und verschwanden wieder geschickt aus dem Blickfeld.

Soweit das Auge reichte, erhob sich die endlose, dichte Buschlandschaft, einsam in ihrer Pracht und Herrlichkeit und unberührt vom Fuß eines Menschen. Sie streckte ihren mächtigen und lückenlosen Teppich bis zu den gefrorenen Ufern der Hudson Bay aus.

Simpson, der das alles zum ersten Mal sah, als er hart im Bug des schaukelnden Schiffes paddelte, war verzaubert von der herben Schönheit. Sein Herz sog den Geist der Freiheit und großen Weiten ein, während gleichzeitig seine Lungen den kühlen und mit Duft erfüllten Wind aufnahmen.

Hinter ihm, auf dem Sitz im Heck, mit heimatlichen Liedern auf den Lippen, saß Défago und lenkte das Boot aus Birkenrinde wie ein richtiges Lebewesen und beantwortete gut gelaunt alle Fragen seines Begleiters.

Beide waren fröhlich und leichten Herzens. Bei solchen Gelegenheiten verlieren Männer die oberflächlichen und weltlichen Unterschiede und werden zu menschlichen Wesen, die zusammen für ein gemeinsames Ziel arbeiten.

Simpson, der Auftraggeber und Défago, der Angestellte, innerhalb dieser urtümlichen Kräfte um sie herum waren sie einfach nur – zwei Männer, der 'Führende' und der 'Geführte'.

Selbstverständlich übernahm hier das überlegene Wissen die Kontrolle, und der jüngere Mann verfiel ohne eine Sekunde des Nachdenkens in eine quasi untergeordnete Rolle.

Er hätte niemals auch nur davon geträumt, zu protestieren, als Défago den 'Mr.' fallen ließ und ihn mit "sag Simpson" oder "Simpson, Boss" ansprach, was unweigerlich der Fall war, bevor sie das entfernte Ufer erreichten, nach einem schweren Paddeln von zwölf Meilen gegen den Wind. Er lachte nur, und es gefiel ihm, und schließlich bemerkte er es gar nicht mehr.

Dieser 'Student der Göttlichkeit' war ein junger Mann mit vielfältigem Talent und Charakter, dennoch – bis jetzt – natürlich unerfahren in Sachen Reisen. Auf diesem Ausflug hatte er zum ersten Mal ein Land außer seinem eigenen gesehen, ausgenommen ein Stück von der Schweiz. Die gewaltigen Dimensionen verstörten ihn ein wenig. Er realisierte, dass es *eine* Sache war von urtümlichen Wäldern zu hören, aber eine ganz *andere*, diese zu sehen.

Während man sich darin aufhält und die Begegnung mit dem wilden Leben sucht, war es wiederum der Anfang einer Erfahrung, die kein intelligenter Mann durchmachen konnte, ohne eine bestimmte Neuordnung der persönlichen Werte, die man bis dahin für dauerhaft und heilig gehalten hatte.

Simpson wurde der erste, schwache Hinweis auf solcherlei Gemütsregungen bewusst, als er das neue Gewehr Kaliber .303 in seinen Händen hielt und an dem Paar von makellosen, strahlenden Läufen entlang sah. Die Dreitagesreise zu ihrem Hauptlager, über See und Land, hatte diese Verwandlung noch eine Stufe weitergebracht. Und nun, da er bald sogar hinter den Rand der Wildnis eintauchen würde, wo sie ihr Lager im unberührten Herz unbewohnter Regionen aufschlagen wollten, so groß und weit wie ganz Europa, kam in ihm die wahre Natur der Situation hoch, mit einer Wirkung aus Begeisterung und Ehrfurcht, soweit sie seine Vorstellungskraft erfassen konnte. Da waren er und Défago, gegen eine Übermacht – zumindest aber gegen einen Titanen!

Die öde Pracht dieser abgelegenen und einsamen Wälder überwältigte ihn eher mit dem Gefühl der eigenen Bedeutungslosigkeit. Die strenge Art dieser verworrenen Waldgebiete, die man nur als unbarmherzig und schrecklich bezeichnen kann, erhob sich aus diesen fernen blauen Wäldern, die am Horizont schwammen. Er verstand die stille Warnung und erkannte seine eigene völlige Hilflosigkeit. Nur Défago, als ein Symbol einer entfernten, von Menschen beherrschten Zivilisation, stand zwischen ihm und einem unbarmherzigen Tod durch Erschöpfung und Verhungern.

Es war deshalb aufregend für ihn, Défago dabei zu beobachten, wie er das Kanu am Ufer umdrehte und die Paddel sorgfältig darunterlegte, bevor er weiterging und die Fichtenstämme auf beiden Seiten eines kaum sichtbaren Pfads für eine ziemliche Strecke 'markierte'.

Dabei machte er eine unbekümmerte Bemerkung: "Hör zu, Simpson, wenn mir irgendetwas passiert, wirst du das Kanu durch diese Markierungen gut finden können. Dann begib dich geradewegs Richtung Westen, um wieder auf das Lager zu treffen, verstehst du?"

Es war die natürlichste Sache der Welt, dies zu sagen, und er sagte es ohne irgendeinen besonderen Tonfall in der Stimme. Es spiegelte in diesem Moment nur die Gefühle des jungen Mannes wider, mit einem Ausdruck, der sinnbildlich für die Situation war und für seine eigene Hilflosigkeit, als ein Teil davon. Er war allein mit Défago in einer primitiven Welt – das war alles. Das Kanu, ein weiteres Symbol des menschlichen Aufstiegs, musste nun zurückgelassen werden. Diese kleinen gelben Stellen, welche die Axt an den Bäumen hinterlassen hatte, waren die einzigen Zeichen in seinem Schlupfwinkel.

Mittlerweile hatten sie das Gepäck auf ihre Schultern aufgeteilt. Jeder Mann trug sein eigenes Gewehr, und sie folgten dem schmalen Pfad über Steine, umgestürzte Baumstämme und quer über halb gefrorene Sümpfe. Sie umgingen zahlreiche Seen, welche die Wälder schmückten und vom Nebel umgeben waren. Gegen fünf Uhr nachmittags waren sie plötzlich am Rande des Waldes und schauten über eine große Wasserfläche vor ihnen hinweg, übersäht mit pinienbewaldeten Inseln aller beschreibbaren Formen und Größen.

"Die Gewässer von Fifty Island", verkündete Défago erschöpft, "und die Sonne wird gleich ihren kahlen alten Kopf darin eintauchen", fügte er mit unbewusster Poesie hinzu. Sofort machten sie sich dran, das Lager für die Nacht aufzuschlagen.

Nach wenigen Minuten und unter den geschickten Händen, die keine Bewegung zu viel oder eine Bewegung zu wenig machten, stand das Seidenzelt straff und gemütlich. Die Betten aus Zweigen der Balsamtanne waren ausgelegt und ein lebhaftes Feuer zum Kochen brannte mit so wenig Rauch wie möglich.

Während der junge Schotte den Fisch säuberte, den sie mit ihren Schleppangeln hinter dem Kanu gefangen hatten, 'dachte' Défago daran, dass er, 'sobald als möglich', eine kleine Runde durch den Busch machen sollte, um nach Anzeichen für Elche zu suchen. "Ich könnte an einem Baumstamm vorbeikommen, wo sie sich aufgehalten und die Hörner gerieben haben", sagte er, als er sich aufmachte, "oder die letzten Ahornblätter gefressen haben" – und schon war er weg.

Seine kleine Gestalt schmolz dahin wie ein Schatten in der Dämmerung, während Simpson in einer Art von Bewunderung feststellte, wie leicht der Wald ihn in sich aufgesogen hatte. Noch ein paar Schritte, so schien es, und er war nicht mehr zu sehen.

Dennoch gab es hier wenig Dickicht; die Bäume standen ein gutes Stück voneinander entfernt, und in den Zwischenräumen wuchsen Weißbirken und Ahorn, speerähnlich und schlank, verglichen mit den gewaltigen Stämmen der Fichten und Tannen.

Wären da nicht einige umgefallene Monsterbäume gewesen und die grauen Felsbrocken, die hier und da ihre groben Schultern zeigten, hätte es auch ein Stück von einem Park daheim in seinem Herkunftsland sein können. Fast hätte man darin die Hand des Menschen erblickt.

Jedoch, etwas nach rechts, begann die große, verbrannte Fläche, meilenweit in ihrer Ausdehnung, die ihren wahren Charakter zu erkennen gab – *'brûlé'*[das Verbrannte, verbrannte Flächen], wie man es nennt, wo die Feuer des letzten Jahres wochenlang gewütet hatten und wo die geschwärzten Stämme sich nun mager und hässlich erhoben. Sie waren ihrer Äste beraubt und standen da wie gigantische Streichhölzer, die man in den Boden gesteckt hat, wild und trostlos jenseits jeglicher Worte. Der Geruch von Holzkohle und durchnässter Asche hing noch schwach über der Gegend.

Schnell verstärkte sich die Dämmerung; die Lichtungen wurden dunkel; das Knacken des Feuers und das Branden der kleinen Wellen entlang des felsigen Seeufers waren die einzigen Geräusche, die man hören konnte. Der Wind hatte sich, wie die Sonne auch, abgeschwächt, und insgesamt bewegte sich nichts in dieser riesigen Welt der Äste.

Jeden Moment, so schien es, würden die Waldgötter, die man in der Ruhe und Einsamkeit verehrt, ihre gewaltigen und grandiosen Umrisse zwischen den Bäumen ausbreiten. Davor, hinter Eingängen, die von Säulen gewaltiger Stämme getragen wurden, streckten sich die Fifty Island Gewässer aus, ein halbmondförmiger See, fünfzehn Meilen vom einen zum anderen Ende und vielleicht fünf Meilen in der Breite, an der Stelle, wo sie kampierten.

Ein rosa- und safranfarbener Himmel, klarer als irgendeine Atmosphäre, die Simpson je gekannt hatte, warf noch immer seine bleichen, fließenden Feuer über die

Wellen, wo die Inseln – hundert, eher als fünfzig – wie die feenhaften Boote einer verzauberten Flotte schwammen. Umsäumt mit Kiefern, deren Kronen den Himmel mit großer Grazie berührten, schienen sie sich fast aufwärts zu bewegen, als das Licht schwächer wurde – bereit, die Anker zu lichten und den Pfaden des Himmels zu folgen, statt der Strömung ihres heimischen und einsamen Sees.

Streifen von farbigen Wolken, wie paradierende Fähnchen, signalisierten ihren Aufbruch zu den Sternen…

Die Schönheit der Landschaft war in seltsamer Weise erhebend.

Simpson räucherte den Fisch und verbrannte sich die Finger bei dem Versuch, das alles zu genießen und sich gleichzeitig der Bratpfanne und dem Feuer zu widmen. Dennoch lag immer im Hintergrund seiner Gedanken der andere Aspekt der Wildnis: die Gleichgültigkeit dem menschlichen Leben gegenüber, der unbarmherzige Geist der Verwüstung, der den Menschen keine Beachtung schenkt. Nun, da sogar Défago fortgegangen war, kam das Gefühl seiner völligen Einsamkeit näher an ihn heran, als er sich umschaute und versuchte, die Geräusche zurückkommender Fußschritte seines Begleiters zu hören.

Es gab einen gewissen Reiz an diesem Gefühl, dennoch verbunden mit einer sehr verständlichen Sorge. Und instinktiv wühlte ihn ein Gedanke auf: "Was soll ich tun – was *könnte* ich tun – wenn irgendetwas passiert wäre und er nicht zurückkäme – ?"

Nachdem Défago zurückgekehrt war, genossen sie ihr wohlverdientes Abendessen, aßen Unmengen von Fisch und tranken Tee ohne Milch, der stark genug war, Männer umzubringen, die keine dreißig Meilen harten 'Gehens' zurückgelegt und dabei wenig gegessen hatten.

Als sie fertig waren, rauchten sie und erzählten Geschichten am lodernden Feuer, lachten, streckten die müden Glieder aus und diskutierten Pläne für den kommenden Morgen. Défago war bester Laune, dennoch ein wenig enttäuscht davon, dass er nicht von Elchspuren berichten konnte. Es war jedoch schon dunkel, und er war nicht weit gegangen.

Auch die *'brûlé'*, die verbrannte Fläche, war schlimm gewesen. Seine Kleidung und die Hände waren mit Holzkohle verschmiert. Simpson beobachtete ihn und erkannte mit erneuter Klarheit ihre Lage – allein zusammen in der Wildnis.

"Défago", sagte er plötzlich, "diese Wälder, weißt du, sind viel zu groß, um sich heimisch zu fühlen – um sich darin behaglich zu fühlen meine ich, nicht wahr?" Momentan war das nur ein Ausdruck seiner Stimmung; er war kaum in der Lage, die Ernsthaftigkeit und die Feierlichkeit zu erfassen, mit der sein Führer seine Gedanken fortführte.

"Du hast es richtig getroffen, Simpson, Boss", antwortete er, wobei er seine suchenden braunen Augen auf sein Gesicht richtete, "und das ist sicher die Wahrheit. Es gibt kein Ende von ihnen – überhaupt kein Ende." Dann fügte er mit gedämpfter Stimme hinzu, als würde er zu sich selbst sprechen. "Viele haben das festgestellt und sind verrückt geworden."

Diese Ernsthaftigkeit des Mannes war nicht gerade nach dem Geschmack des anderen. Sie war ein wenig zu vieldeutig bezüglich dieser Landschaft und Umgebung, und er bedauerte, dieses Thema angeschnitten zu haben.

Plötzlich erinnerte er sich, wie sein Onkel ihm erzählt hatte, dass Männer oft von einem seltsamen Fieber der Wildnis befallen wurden, als die Verlockungen der unbewohnten Einöde sie so heftig ergriffen hatte, dass sie sich – halb fasziniert, halb verblendet – in den Tod begaben. Und er konnte sich gut vorstellen, dass sein Begleiter eine Sympathie für diese seltsame Art hatte.

Er lenkte das Gespräch auf andere Themen, zum Beispiel hin zu Hank und dem Doktor und den natürlichen Wettstreit darüber, wer die ersten Elche sichten würde.

"Wenn sie direkt nach Westen gegangen sind", stellte Défago sorglos fest, "liegen jetzt sechzig Meilen zwischen uns – und der alte Punk, der im Gasthaus auf der halben Strecke sitzt, isst und trinkt sich jetzt bis zum Platzen voll mit Fisch und Kaffee."

Sie mussten beide über diese Vorstellung lachen. Jedoch, diese beiläufige Erwähnung dieser sechzig Meilen brachte Simpson dazu, die gewaltigen Dimensionen des Gebiets zu erfassen, in dem sie jagten. Sechzig Meilen waren nur ein kleiner Schritt, zweihundert ein wenig mehr als ein Schritt.

Geschichten von verlorenen Jägern kamen ihm fortwährend in den Sinn. Die Leidenschaft und die Geheimnisse von heimatlosen, umherwandernden Männern, verführt durch die Schönheit der großen Wälder, ergriff seine Seele in einer Art, die zu lebhaft war, um angenehm zu sein. Er dachte ein wenig darüber nach, ob es die Stimmung seines Begleiters war, welche die unerwünschten Andeutungen mit solcher Ausdauer hochkommen ließ.

"Sing uns ein Lied Défago, wenn du nicht zu müde bist", fragte er; "eines von diesen alten Liedern der *voyageurs*, die du neulich Abend gesungen hast."

Er reichte seinem Führer den Tabaksbeutel und stopfte dann seine eigene Pfeife, während der Kanadier, keineswegs abgeneigt, seine helle Stimme über den See klingen ließ, mit einem dieser wehmütigen, fast melancholischen Lieder, mit denen sich Holzfäller und Trapper die Last ihrer Arbeit etwas erleichtern.

Es gab da einen gefälligen und romantischen Beigeschmack, welcher an die Stimmung der alten Pioniere erinnerte, als sich die Indianer und die Wildnis verbündet hatten, Kämpfe an der Tagesordnung waren und die alte Heimat weiter weg, als sie es heute ist.

Die Töne wanderten wohltuend über das Wasser, aber der Wald in ihrem Rücken schien diese in einem Schluck zu verschlingen, der weder ein Echo noch einen Widerhall zuließ.

Es war in der Mitte der dritten Strophe, als Simpson etwas Ungewöhnliches bemerkte – etwas, das seine Gedanken sofort von den entfernten Landschaften zurückbrachte.

Eine seltsame Veränderung kam in die Stimme des Mannes. Noch bevor er erkunden konnte, was es war, überkam ihn ein flaues Gefühl. Als er schnell nach oben blickte, sah er Défago, der immer noch sang, wie er um sich in den Busch schaute, so, als hätte er etwas gehört oder gesehen.

Seine Stimme wurde schwächer – kaum noch zu hören – und verstummte dann ganz. Im selben Moment, mit einer Bewegung, die alarmierend erschien, sprang er auf die Füße, stand aufrecht da – *und roch an der Luft*. Wie ein Hund, der das Wild riecht, sog er die Luft, mit kurzen, scharfen Zügen, in seine Nasenflügel ein und drehte sich, als er dies tat, in alle Richtungen.

Schließlich 'zeigte' er in östlicher Richtung runter zum Ufer des Sees. Es war ein Verhalten, das in unliebsamer Weise auf etwas hindeutete und gleichzeitig besonders dramatisch war.

Simpson bekam ein unangenehmes Herzflattern, als er zusah. "Mein Gott, Mann! Du hast mich aber aufgescheucht!", rief er aus, als er direkt neben ihm stand und über seine Schulter hinweg in das Meer der Dunkelheit blickte. "Was gibt es? Hast du Angst – ?"

Noch bevor die Frage aus seinem Mund herauskam, wusste er, dass diese dumm war. Jeder Mensch mit einem Paar von Augen in seinem Kopf konnte sehen, dass der Kanadier bis zu seiner Kehle herunter weiß wurde. Nicht einmal ein Sonnenbrand oder das Glühen des Feuers konnten das verdecken.

Der arme Student fühlte wie er, weich in den Knien, selbst ein wenig zitterte.

"Was gibt es?", wiederholte er schnell. "Hast du Elche gerochen? Ist da etwas Ungewöhnliches?" Instinktiv senkte er seine Stimme.

Der Wald drängte sich mit seiner alles umschließenden Mauer um sie; die näherstehenden Baumstämme schimmerten wie Bronze im Schein des Feuers; darüber hinweg – war Finsternis und, soweit er das sagen konnte, eine Todesstille.

Direkt hinter ihm hob ein vorbeiziehender Lufthauch ein einzelnes Blatt an; er betrachtete es und legte es wieder sanft zurück, ohne die restliche Ansammlung zu stören.

Es schien so, als ob sich eine Million unsichtbarer Ursachen vermischt hätten, um diesen einzelnen sichtbaren Effekt zu verursachen. *Anderes* Leben pulsierte darum herum – und war wieder verschwunden.

Défago drehte sich abrupt herum; seine fahle Gesichtsfarbe hatte sich in ein dreckiges Grau verwandelt.

"Ich habe niemals gesagt, dass ich etwas gehört – oder gerochen – habe", sagte er mit Nachdruck und in einer seltsam veränderten Stimme, die irgendwie eine Art von Trotz vermittelte. "Ich habe mich nur – mal umgesehen – sozusagen. Es ist immer ein Fehler, Fragen zu früh zu stellen."

Dann fügte er plötzlich, mit offensichtlichem Bemühen, in seinem natürlichen Sprachton hinzu: "Hast du die Streichhölzer, Boss Simpson?", und fuhr fort, seine Pfeife anzuzünden, die er halb gefüllt hatte, gerade als er anfing zu singen.

Ohne noch ein weiteres Wort zu sagen, hatten sie sich wieder ans Feuer gesetzt. Défago hatte die Seite gewechselt, sodass er in der Richtung saß, aus der der Wind kam. Selbst ein Unerfahrener hätte dies erkennen können: Défago hatte seine Position verändert, um zu hören und zu riechen – alles, was es zu hören und zu riechen gab.

Und da er nun zum See hinblickte, mit dem Rücken zum Wald, war es offensichtlich, dass es nichts gewesen war, das vom Wald kam, was eine so seltsame und plötzliche Warnung an seine so fantastisch geschulten Nerven ausgesandt hatte.

"Ich denke, dass ich keine Lust mehr habe, etwas zu singen", erklärte er plötzlich aus eigenem Antrieb heraus. "Dieses Lied bringt Erinnerungen zurück, die unangenehm für mich sind. Ich hätte nicht damit anfangen sollen. Siehst du, es bringt mich dazu, mir Dinge einzubilden."

Es war klar, dass der Mann immer noch mit einer zutiefst bewegenden Gemütsregung kämpfte. Er wollte sich in den Augen des anderen entschuldigen. Aber die Erklärung, zumal sie nur ein Teil der Wahrheit darstellte, war somit eine Lüge, und er wusste nur zu genau, dass Simpson damit nicht getäuscht werden konnte.

Nichts konnte die lebendige Furcht erklären, die auf sein Gesicht gefallen war, als er dastand und die Luft roch. Und nichts – kein noch so loderndes Feuer oder die Unterhaltung über andere Themen – konnte das Lager wieder genauso machen, wie es vorher war.

Der Schatten eines unbekannten Schreckens, blank und mysteriös, der für einen Augenblick im Gesicht und in den Gesten seines Führers aufgetaucht war, hat sich auch, undeutlich und deshalb stärker, auf seinen Begleiter übertragen. Die offensichtlichen Versuche des Führers, die Wahrheit zu verbergen, machten die Dinge nur noch schlimmer. Überdies kam zum Unbehagen des jungen Mannes noch die Schwierigkeit – nein, Unmöglichkeit – hinzu, welche er empfand, als es darum ging, Fragen zu stellen, und auch seine totale Ahnungslosigkeit, was die Gründe betraf… Indianer, wilde Tiere, Waldbrände – all dies, so wusste er, kam nicht infrage. Er dachte intensiv nach, aber vergeblich …

Dennoch – auf die eine oder andere Weise – nach einer langen Zeit des Rauchens, der Unterhaltung und ihrem 'Rösten' vor dem großen Feuer, verschwand der Schatten, der so plötzlich in ihr friedliches Lager eingedrungen war. Vielleicht wurde dies durch die Anstrengungen von Défago oder wegen der Rückkehr zu seiner normalen und ruhigen Weise erreicht; vielleicht hatte auch Simpson selbst die Sache über alle Bezüge zur Wahrheit hinaus, übertrieben. Vielleicht schickte auch die kräftige Luft der Wildnis ihre heilenden Kräfte vorbei.

Was auch immer der Grund war, das Gefühl eines unmittelbaren Schreckens schien verflogen, so mysteriös, wie es gekommen war, da nichts passierte, was dem neue Nahrung hätte geben können.

Simpson überkam das Gefühl, dass er die unbegründeten Ängste eines Kindes zugelassen hatte. Er führte dies zum Teil auf eine bestimmte, unterbewusste Aufgeregtheit zurück, die diese wilde und riesige Landschaft in seinem Blut verursacht hatte, und zum anderen auf den Zauber der Einsamkeit, wie auch zum Teil auf die Übermüdung. Die Blässe in dem Gesicht des Führers war – natürlich – schwer zu erklären, zugleich *könnte* es irgendwie mit einem Lichteffekt des Feuers zu tun gehabt haben, oder mit seiner eigenen Einbildung… Er gab allem den Vorteil des Zweifels; er war Schotte.

Wenn eine etwas außergewöhnliche Gefühlsregung verschwunden ist, findet der Verstand Dutzende von Erklärungen, was die Ursachen anbelangt… Simpson steckte sich eine letzte Pfeife an und lachte zu sich selbst. Wenn er wieder zu Hause in Schottland war, würde dies die Vorlage für eine gute Geschichte sein.

Er realisierte nicht, dass dieses Lachen ein Zeichen dafür war, dass der Schrecken noch immer in den Nischen seiner Seele lauerte – dass es, in der Tat, nur ein übliches Zeichen dafür war, dass ein sehr verängstigter Mann sich selbst einreden will, dass es *nicht* so ist.

Défago hörte aber dieses Lachen und schaute mit überraschtem Gesichtsausdruck hoch. Die beiden Männer standen Seite an Seite und traten die Glut aus, bevor sie zu Bett gingen. Es war zehn Uhr abends – schon eine späte Stunde für Jäger, um noch wach zu sein.

"Was juckt dich denn?", fragte er in seinem gewöhnlichen, dennoch ernsten Tonfall.

"Ich – ich habe in diesem Moment an unsere kleinen Wälder zuhause gedacht", stammelte Simpson und kam zurück zu dem, was wirklich in seinem Kopf vorging. Erschrocken durch diese Frage schwenkte er seinen Arm, deutete auf den Wald um sie herum, und sagte, "und ich habe sie mit – mit all diesem hier verglichen." Es folgte eine Pause, in der keiner von beiden etwas sagte.

"Trotzdem würde ich nicht darüber lachen, wenn ich du wäre", fügte Défago hinzu und schaute über Simpsons Schulter in die Schatten. "Es gibt darin Plätze, in die niemals jemand hineinschauen wird – und keiner weiß auch genau, was darin lebt."

'Zu groß – zu weit weg?' Die Andeutung in dem Verhalten des Führers war beeindruckend und fürchterlich zugleich.

Défago nickte. Der Ausdruck in seinem Gesicht war dunkel. Auch er fühlte sich unbehaglich. Der junge Mann hatte verstanden, dass es in einem Hinterland dieser Größe sicherlich dunkle Wälder geben dürfte, die während des Bestehens der Erde weder entdeckt noch betreten werden würden.

Dieser Gedanke war nicht von der Sorte, die er willkommen heißt. Mit lauter und aufgekratzter Stimme empfahl er, dass es Zeit sei, zu Bett zu gehen. Der Führer zögerte aber noch, spielte mit dem Feuer herum, arrangierte ordentlich die Steine und tat ein Dutzend Dinge, die nicht wirklich zu machen waren. Augenscheinlich gab es etwas, das er sagen wollte, aber schwierig fand, es anzusprechen.

"Sag, du, Boss Simpson", begann er plötzlich, als die letzten Funkenregen hoch in die Luft flogen. "Du riechst nichts, nicht wahr – ich meine, nichts Bestimmtes?" Diese alltägliche Frage, wie Simpson erkannte, verschleierte einen entsetzlich ernsten Gedanken in seinem Kopf. Ein Schauer rannte ihm den Rücken herunter.

"Nichts als brennendes Holz", antwortete Simpson mit Nachdruck und trat wieder auf die Glut. Der Klang seines eigenen Fußes ließ ihn zusammenfahren.

"Und, den ganzen Abend lang hast du nichts gerochen?", bohrte der Führer weiter und starrte ihn durch die Finsternis an; "nichts Außergewöhnliches und völlig verschieden von etwas, das du jemals zuvor gerochen hast?"

"Nein, nein Mann, absolut nichts!", antwortete er energisch, halb verärgert.

Défagos Gesicht hellte sich auf. "Das ist gut!", rief er aus. "Das ist gut zu hören."

"Hast *du* etwas gerochen?", fragte Simpson mit scharfer Stimme, bereute jedoch, im gleichen Moment, gefragt zu haben.

Der Kanadier kam näher heran in der Dunkelheit. Er schüttelte seinen Kopf. "Ich denke nicht", sagte er, obwohl nicht gerade mit besonderer Überzeugung. "Es muss nur dieses Lied von mir gewesen sein, dass das verursacht hat. Es ist das Lied, das sie in den Holzfällerlagern und gottverlassenen Plätzen wie diesem singen, wenn sie Angst haben, dass der Wendigo irgendwo in der Nähe ist und herumrennt – "

"Und was bitte ist der Wendigo?", wollte Simpson sofort wissen, etwas gereizt, da er schon wieder dieses plötzliche Zittern der Nerven nicht unterdrücken konnte. Er wusste, dass er ganz nah an dem Grund für die Angst des Mannes war und was sie auslöste. Dennoch überkam eine leidenschaftliche Neugier sein besseres Wissen – und seine Furcht.

Défago drehte sich schnell herum und schaute ihn an, als wollte er auf der Stelle schreien. Seine Augen glänzten, und sein Mund war weit geöffnet. Doch alles, was er sagte oder eher flüsterte, war: "Es ist nichts – nichts, außer dass diese hundsmiserablen Burschen glauben, wenn sie zu lange an der Flasche hingen, es gäbe da eine Art von großem Tier, das da drüben wohnt." Er nickte mit seinem Kopf in Richtung Norden. "Schnell wie ein Blitz auf seiner Bahn und größer als alles andere in der Wildnis. Er soll auch nicht so gut sein, ihn anzuschauen – das ist alles."

"Ein Aberglaube von Hinterwäldlern – ", sagte Simpson, der sich hastig in Richtung des Zelts begab, um die Hand des Führers abzuschütteln, die seinen Arm umklammerte. "Komm, komm beeil dich, um Gottes willen! Es ist Zeit, dass wir im Bett sind und schlafen, wenn wir morgen mit Sonnenaufgang aufstehen wollen…"

Der Führer war ihm dicht auf den Fersen. "Ich komme", antwortete er aus der Dunkelheit heraus, "Ich komme."

Nach einer kurzen Verzögerung erschien er mit der Laterne und hing sie an den Nagel am vorderen Pfosten des Zelts. Als er dies tat, verlagerten die Schatten von hundert Bäumen schnell ihre Plätze. Und als er beim Hereinhuschen über die Schnur stolperte, flatterte das ganze Zelt, als hätte es ein Windstoß erfasst.

Die beiden Männer legten sich, ohne sich zu entkleiden, auf ihre Betten aus Zweigen der Balsamtanne, die sie geschickt ausgelegt hatten. Drinnen war alles warm und bequem, aber draußen drückte sich die Welt aus dicht stehenden Bäumen eng an sie heran, warf ihre Millionen von Schatten und erdrückte das kleine Zelt, das dastand wie eine winzige, weiße Muschel, die dem Ozean des gewaltigen Waldgebiets gegenübersteht.

Zwischen die beiden einsamen Gestalten im Inneren drückte jedoch ein anderer Schatten, der *kein* Schatten der Nacht war. Es war der Schatten, der von einer seltsamen Furcht geworfen wurde, niemals völlig gebannt, der plötzlich auf Défago, mitten in seinem Gesang, gesprungen war.

Und Simpson, als er so dalag und die Dunkelheit durch die offene Klappe des Zelts betrachtete, bereit in den duftenden Abgrund des Schlafs zu fallen, fühlte sofort diese einmalige und tiefe Stille eines urzeitlichen Waldes, wenn sich kein Lüftchen bewegt… und wenn die Nacht große Kraft und Wirkung hat, die in die Seele eindringen und einen Schleier darum bilden… Dann übermannte ihn der Schlaf…

III

Zumindest erschien es ihm so, dass er schlafen würde.

Als er das rhythmische Plätschern des Wassers hörte, direkt hinter der Öffnung des Zelts mit seinem schwächer werdenden Takt, wurde ihm bewusst, mit offenen Augen dazuliegen.

Auch ein anderes Geräusch hatte sich bereits mit listiger Geschmeidigkeit angekündigt, verborgen zwischen dem Planschen und Gemurmel der kleinen Wellen.

Lange bevor er verstand, was dieses Geräusch war, hatte es in ihm das Gefühl von Bedrängnis und Angst ausgelöst. Er hörte aufmerksam hin, doch zunächst vergebens, da das pulsierende Blut zu stark in seinen Ohren trommelte. Kam es, fragte er sich, vom See oder aus den Wäldern…?

Dann, plötzlich, mit einem Rasen und Flattern seines Herzens, wusste er, dass es, nahe an seiner Seite, aus dem Zelt selbst kam. Als er sich umdrehte, um besser hören zu können, gab es sich unmissverständlich zu erkennen, keinen halben Meter von ihm entfernt.

Es war der Klang von Weinen; Défago, auf seinem Lager aus Zweigen, weinte in der Dunkelheit, so, als würde sein Herz brechen. Dabei hielt er offensichtlich die Decken gegen seinen Mund, um es zu ersticken.

Seine erste Empfindung, bevor er denken oder sich besinnen konnte, war der Ansturm einer ergreifenden und durchdringenden Zärtlichkeit. Dieser intime menschliche Klang, den man, inmitten dieser Verlassenheit um sie herum, hören konnte, erregte Mitleid. Er war so unpassend, so bedauernswert unpassend – und so sinnlos!

Tränen – in dieser weitläufigen und grausamen Wildnis: Zu was sollten sie nütze sein? Er dachte an ein kleines Kind, das inmitten des Atlantiks heulte …

Dann, natürlich, nach genauerem Nachdenken und mit der Erinnerung daran, was zuvor los war, kam der Schrecken auf ihn herab, und sein Blut gefror ihm in den Adern.

"Défago", flüsterte er schnell, "was ist los?" Er versuchte, seine Stimme sehr sanft klingen zu lassen. "Hast du Schmerzen – bist du unglücklich –?"

Es gab keine Antwort, aber ganz plötzlich verstummten die Klänge. Er streckte seine Hand aus und berührte ihn. Der Körper bewegte sich nicht.

"Bist du wach?", fragte er, obwohl es ihm so vorkam, als würde der Mann im Schlaf weinen. "Ist dir kalt?" Er bemerkte, dass seine Füße unbedeckt waren und aus der Zeltöffnung herausragten, und legte eine Extralage seiner eigenen Decken über sie. Der Führer war in seinem Bett heruntergerutscht und es schien so, dass die Äste mit ihm weggezogen wurden. Er scheute sich aber, den Körper wieder hereinzuziehen, aus Angst, dass er ihn aufwecken würde.

Er stellt noch leise ein paar zaghafte Fragen, aber, obwohl er für einige Minuten gewartet hatte, kam keine Antwort, noch irgendein Anzeichen einer Bewegung. Dann hörte er wieder sein regelmäßiges und leises Atmen. Als er seine Hand sanft auf die Brust legte, fühlte er das beständige Auf und Ab darunter. "Lass mich wissen, ob irgendetwas nicht in Ordnung ist", flüsterte er, "oder, ob ich etwas tun kann. Wecke mich sofort auf, wenn du dich komisch fühlst."

Er wusste kaum, was er sagen sollte, und legte sich wieder hin, dachte nach und wunderte sich, was das alles zu bedeuten hatte. Défago hatte natürlich nur im Schlaf geweint.

Ein Traum oder so hatte ihn geplagt. Dennoch würde er niemals in seinem Leben den mitleiderregenden Klang dieses Weinens vergessen und das Gefühl, dass die ganze entsetzliche Wildnis des Waldes zugehört hatte…

Für eine lange Zeit beschäftigten sich seine eigenen Gedanken mit den jüngsten Ereignissen, von denen *dieses* davon seinen eigenen mysteriösen Platz einnahm.

Obwohl seine Vernunft mit Erfolg alle unwillkommenen Vermutungen wegargumentiert hatte, blieb doch ein Gefühl des Unbehagens, welches nicht verschwinden wollte, sehr tief sitzend – in seltsamer Weise über das normale Maß hinaus.

IV

Aber der Schlaf, auf längere Sicht gesehen, erweist sich stärker als alle Gefühle. Bald verschwanden seine Gedanken. Er lag da, warm wie ein Stück Toast und ausgesprochen müde. Die Nacht besänftigte und beruhigte ihn und stumpfte die Kanten der Erinnerung und Sorge ab. Eine halbe Stunde später hatte er alles von der Welt um ihn herum vergessen.

Zu diesem Zeitpunkt aber, war der Schlaf sein großer Feind, der alles Herankommende verdeckte und die warnenden Hinweise seiner Nerven erstickte.

Manchmal berühren uns die Ereignisse in einem Albtraum, als wären sie schreckliche Realität. Dennoch ist es so, dass einige widersprüchliche Einzelheiten die ganze Darstellung als lückenhaft und verschleiert erscheinen lassen.

Die Ereignisse, die jetzt folgen, obwohl sie wirklich passiert sind, suggerierten deshalb dem Verstand, dass ein Detail, welches alles hätte aufklären können, übersehen worden war. Deshalb würden sie nur teilweise der Wahrheit entsprechend, der Rest ist Irrglauben. Im Hinterstübchen der Gedanken des Schläfers bleibt etwas wach und bereit, eine Beurteilung abzulehnen: "Das Ganze ist nicht *wirklich* real; wenn du aufwachst, wirst du das verstehen."

Und so, in dieser Art, war das mit Simpson. Die Ereignisse, nicht ganz unerklärlich oder unbegreiflich an sich, blieben für den Mann, der sie sah und hörte, eine Abfolge von Ereignissen des blanken Entsetzens, denn ein kleines Stück, welches das Puzzle hätte zusammensetzen können, war verborgen geblieben oder wurde übersehen.

Soweit er sich erinnern konnte, war es eine heftige Bewegung, welche in Richtung des Eingangs durch das Zelt huschte, die ihn zunächst aufweckte und ihn dann gewahr werden ließ, dass sein Begleiter in kerzengrader Haltung neben ihm saß - zitternd. Es mussten schon viele Stunden vergangen sein, denn man konnte schon den schwachen Schein der Morgendämmerung erkennen, die ihre Konturen auf die Zeltplane warf.

Diesmal weinte der Mann nicht, sondern zitterte wie Espenlaub. Er konnte das Beben deutlich durch die Decken entlang seines ganzen Körpers fühlen. Défago hatte sich zum Schutz an ihn gekauert und zog sich vor etwas zusammen, dass sich offensichtlich in der Nähe der Öffnungsklappen des kleinen Zelts verbarg.

Daraufhin stellte Simpson, mit lauter Stimme, die eine oder andere Frage – in der ersten Verwirrung nach dem Aufwachen erinnerte er sich nicht mehr genau daran, welche – und der Mann gab keine Antwort.

Die Stimmung und das Empfinden eines echten Albtraums hatten sich in schrecklicher Weise über ihn gelegt und erschwerten jede Bewegung, wie auch das Sprechen. Anfangs wusste er tatsächlich nicht, wo er war – ob in einem der früheren Lager oder zuhause in Aberdeen. Dieses Gefühl der Verwirrung war sehr besorgniserregend.

Als Nächstes – fast gleichzeitig mit seinem Erwachen, so schien es – wurde draußen die tiefe Ruhe der Morgendämmerung durch ein ungewöhnliches Geräusch erdrückt. Es kam ohne Vorwarnung oder hörbare Annäherung, und es war unaussprechlich grausig.

Es war eine Stimme, so sagte Simpson später, möglicherweise eine menschliche Stimme, rau und doch wehleidig – eine sanfte, röhrende Stimme nahe draußen beim Zelt. Sie schien eher von oben als vom Boden zu kommen, in einer kolossalen Lautstärke und gleichzeitig, in einer seltsamen Weise, von einer eindringenden und verführerischen Süße.

Die Stimme rief auch in drei getrennten und unterschiedlichen Tönen oder eher Schreien, die in eigenartigerweise Weise – vielleicht weit hergeholt, aber dennoch erkennbar – eine Ähnlichkeit mit dem Namen des Führers hatten:

"Dé-fa-go!"

Der Student gab zu, nicht in der Lage zu sein, dies intelligenter zu beschreiben, da alles anders war, als irgendein Klang, den er jemals zuvor in seinem Leben gehört hatte und, darüber hinaus, eine Mischung sehr gegensätzlicher Eigenschaften beinhaltete. "Es war eine Art von windiger, weinender Stimme", wie er es nannte, "einsam und ungezähmt und mit fürchterlicher Kraft…"

Noch bevor sie aufhörte, und in den großen Abgrund des Schweigens zurückfiel, war der Führer neben ihm auf die Füße gesprungen und stieß einen antwortenden, jedoch unverständlichen Schrei aus. Er rutschte heftig gegen den Zeltpfosten, wobei er die ganze Konstruktion ins Wanken brachte, streckte krampfhaft seine Arme aus, um mehr Platz zu bekommen, und strampelte sich mit seinen Beinen von den anhaftenden Decken frei.

Für eine Sekunde, vielleicht auch zwei, stand er aufrecht am Eingang, wo sich seine dunklen Umrisse von der Blässe der Morgendämmerung abhoben.

Dann, in einem wilden, gehetzten Gang, noch bevor sein Begleiter eine Hand bewegen konnte, um ihn aufzuhalten, schoss er mit einem Sprung durch die Flügelklappen der Zeltplane – und war verschwunden.

Und als er fortrannte – so verblüffend schnell, dass man tatsächlich hören konnte, wie seine Stimme in der Ferne verschwand – schrie er laut in Tönen qualvollen Schreckens, die gleichzeitig etwas Seltsames enthielten, wie der wilde Jubel von Freude –

"Oh! Oh! Meine feurigen Füße! Meine brennenden feurigen Füße! Oh! Oh! Diese Höhe und feurige Geschwindigkeit!"

Und dann ging alles schnell in der Entfernung verloren, und die tiefe Stille des frühen Morgens legte sich wieder, wie zuvor, über den Wald.

Das alles war mit einer solchen Schnelligkeit passiert, dass Simpson fast hätte glauben können, dies sei eine noch vom Schlaf stammende Erinnerung eines Albtraums, gäbe es da nicht das leere Bettlager neben ihm.

Er fühlte immer noch den Druck des entschwundenen Körpers gegen seine Seite. Dort lagen nun die zerknüllten Decken auf einem Haufen, und selbst das Zelt zitterte noch unter der Heftigkeit des ungestümen Aufbruchs.

Die seltsamen Worte hallten in seinen Ohren, als würde er sie immer noch in der Entfernung hören – die wilde Sprache eines plötzlich heimgesuchten Verstands.

Darüber hinaus war es nicht nur die Wahrnehmungen durch seine Augen und Ohren, die ungewöhnliche Dinge an sein Gehirn schickten. Selbst als der Mann schrie und rannte, nahm er den seltsamen Geruch wahr, schwach und doch beißend, der das Innere des Zelts durchdrang.

Es muss wohl in diesem Moment gewesen sein, als seine Nasenlöcher diesen beängstigenden Geruch einsogen, als er seinen Mut wiederfand, schnell auf die Füße sprang – und nach draußen eilte.

Das gräuliche Licht, das kalt und schimmernd durch die Bäume fiel, brachte die Umgebung relativ deutlich zum Vorschein.

Da stand das Zelt hinter ihm, vollgesaugt vom nassen Tau. Die dunkle Asche des Feuers, immer noch warm; der See, der unter einem Schleier von Nebel lag, mit seinen Inseln, die sich dunkel aus ihm erhoben, wie kleine Gebilde, die in Wolle eingewickelt waren; und kleine schneebedeckte Flecken hinter den lichteren Stellen des Buschlands – alles noch kalt und auf die Sonne wartend.

Aber nirgendwo gab es ein Zeichen von dem verschwundenen Führer, der zweifelsohne mit rasender Geschwindigkeit durch die gefrorenen Wälder flog. Es gab noch nicht einmal den Klang von entschwindenden Fußschritten, nicht ein Echo seiner schwächer werdenden Stimme. Er war weggegangen – ganz und gar.

Es gab nichts, nichts außer Empfindung seiner kürzlichen Anwesenheit, die so einprägsam im Lager verblieben war, *und* – diesen durchdringenden, allgegenwärtigen Geruch. Aber sogar dieser war nun auch dabei, schnell zu verschwinden.

Trotz seiner außerordentlichen großen mentalen Unruhe kämpfte Simpson sehr damit, seine Eigenschaften zu ergründen und zu bestimmen, aber das Herausfinden eines schwer definierbaren Dufts, den man nicht sofort im Unterbewusstsein erkennt, ist ein sehr feinsinniges Unterfangen für den Verstand. Und er scheiterte. Er war verschwunden, noch bevor er ihn in geeigneter Weise erfassen oder benennen konnte.

Sogar eine annähernde Beschreibung erschien schwierig zu sein, da er anders war als alle anderen Gerüche, die er kannte. Eher beißend, nicht ganz verschieden von dem Geruch eines Löwen, dachte er, dennoch weicher und insgesamt nicht total unangenehm.

Es hatte etwas von der Süße, die ihn an den Geruch der verrottenden Blätter im Garten erinnerte, an Erde und die große Anzahl von Düften, die den Geruch eines großen Waldes ausmachen. Dennoch, 'der Geruch eines Löwen' sind die Worte, die er immer benutzt, wenn er alles zusammenfasst.

Dann war alles weg, und er fand sich wieder, wie er neben der Asche des Feuers stand, in einem Zustand von Verwunderung und geistlosem Schrecken, die ihn, für alles was da kommen könnte, zum hilflosen Opfer machte.

Hätte eine Bisamratte ihre spitze Schnauze über einen Felsen gesteckt oder wäre ein Eichhörnchen just in diesem Moment an der Rinde eines Baums heruntergekommen, wäre er höchstwahrscheinlich ohne Weiteres kollabiert und ohnmächtig geworden.

Er empfand, dass die ganze Sache in Verbindung zu einem gewaltigen, fremden Grauen stand – und seine geschwächten Kräfte hatten bisher nicht die Zeit gehabt, sich wieder in einer klaren Haltung zu sammeln, die um Selbstbeherrschung kämpft.

Nichts passierte. Ein Windstoß fegte weich durch den erwachenden Wald, und ein paar Ahornblätter fielen hier und dort zitternd auf den Boden. Der Himmel schien plötzlich viel heller zu werden. Simpson fühlte die kalte Luft in seinem Nacken und auf dem unbedeckten Kopf. Er bemerkte, dass er in der Kälte fröstelte.

Dann, nach einer großen Anstrengung, bemerkte er als Nächstes, dass er alleine in der Wildnis war – *und* dass er dazu aufgerufen war, sofortige Schritte zu unternehmen, um seinen verschwundenen Begleiter zu finden und beizustehen.

Er unternahm deshalb einen solchen Versuch, jedoch einen wenig durchdachten und erfolglosen.

Mit dieser Wildnis um ihn herum, der Wasserfläche, die ihm den Weg hinter ihm abschnitt und dem Schrecken dieses wilden Angstschreis in seinem Blut, tat er, was auch jeder andere unerfahrene Mann in einer ähnlich verwirrten

Lage getan hätte: Er rannte wie ein hektisches Kind umher, ohne jeglichen Sinn für die Richtung, und rief laut und unaufhörlich den Namen seines Führers:

"Défago! Défago! Défago!", brüllte er, und die Bäume warfen ihm den Namen zurück, so oft er rief, nur ein wenig sanfter – "Défago! Défago! Défago!"

Er folgte der Spur, die für eine kurze Strecke über die schneebedeckten Flecken führte, und verlor sie dann wieder, wo die Bäume zu dicht gewachsen waren, um den Schnee darunter liegen zu lassen. Er schrie, bis er heißer wurde und bis der der Klang seiner eigenen Stimme, begann ihm Angst zu machen, innerhalb dieser nicht antwortenden, aber doch lauschenden Welt.

Seine Verwirrung nahm in gleicher Weise zu wie seine Anstrengungen. Seine Misere wurde immer schlimmer, bis schließlich die Strapazen ihr eigentliches Ziel zunichtemachten, und aus schierer Erschöpfung begab er sich zurück auf den Weg zum Lager. Es bleibt ein Wunder, dass er überhaupt seinen Weg gefunden hatte. Es war schwierig gewesen, und nur nach zahlreichen, falschen Hinweisen sah er schließlich das weiße Zelt zwischen den Bäumen und war so wieder in Sicherheit.

Dann wandte die Erschöpfung ihre eigene Heilmethode an, und er wurde ruhiger, machte Feuer und frühstückte.

Heißer Kaffee und Speck brachten ein wenig Verstand und Urteilsvermögen zu ihm zurück, und er erkannte, dass er sich wie ein kleiner Junge benommen hatte.

Er unternahm nun einen anderen und erfolgreicheren Versuch, um der Situation gefasster zu begegnen.

Als er wieder Mut fasste, entschloss er sich, zunächst eine möglichst intensive Suche durchzuführen, um dann, wenn das keinen Erfolg bringt, den Weg, so gut er konnte, zurück zum Hauptlager zu finden, um Hilfe zu holen.

Und das war es, was er tat. Er nahm Verpflegung mit, Streichhölzer und das Gewehr, sowie eine kleine Axt, um die Bäume für seine Rückkehr zu markieren, und ging los.

Es war acht Uhr morgens, als er sich aufmachte; die Sonne schien über die Wipfel der Bäume aus einem Himmel ohne Wolken. Er hinterließ noch einen Zettel, den er auf einen Stock gespießt hatte, falls Défago zurückkommen würde, während er weg war.

Dieses Mal, gemäß einem sorgfältigen Plan, ging er in eine andere Richtung, mit der Absicht, einen weiten Bogen zu laufen, der ihn früher oder später zu Hinweisen auf den Weg des Führers bringen würde.

Bevor er noch eine viertel Meile gegangen war, sah er Spuren eines großen Tieres im Schnee. Daneben gab es schwächere und kleinere Abdrücke, die, ohne Zweifel, von menschlichen Füßen stammten – den Füßen von Défago.

Die Erleichterung, die er sofort verspürte, war natürlich, dennoch nur von kurzer Dauer, denn beim ersten Anblick sah er in diesen Spuren eine einfache Erklärung für die ganze Angelegenheit.

Die großen Spuren wurden sicherlich von einem Elchbullen zurückgelassen, der, mit dem Wind im Rücken, versehentlich ins Lager kam und einen sonderbaren, warnenden und erschreckten Schrei herausbrachte, als sein Fehler offensichtlich wurde.

Défago, in dem der Jagdinstinkt außergewöhnlich entwickelt war, hatte das Tier im ankommenden Wind schon Stunden zuvor gerochen. Seine Aufregung und sein Verschwinden waren erklärbar, natürlich, wegen – wegen seiner –

Dann verschwand diese unmögliche Erklärung wieder, bei der er Halt suchte, da der gesunde Menschenverstand ihm gnadenlos zeigte, dass nichts davon wahr war.

Kein Führer, und noch weniger ein Führer wie Défago, hätte in so einer unlogischen Weise gehandelt und wäre zudem ohne sein Gewehr fortgegangen ... !

Die ganze Sache erforderte eine weit kompliziertere Erklärung, besonders als er sich an die ganzen Einzelheiten erinnerte – den Schrei der Angst, die verblüffende Sprache, das graue Gesicht des Schreckens, als Défagos Nasenlöcher das erste Mal diesen neuen Geruch wahrgenommen hatten, das gedämpfte Schluchzen in der Dunkelheit.

Und auch aus diesem Grund kam sie verschwommen zu ihm zurück – die ursprüngliche Abneigung dieses Mannes gegen dieses besondere Stück Land ...

Darüber hinaus, als er sie näher betrachtete, waren dies mit Sicherheit nicht die Spuren eines Elchbullen! Hank hatte ihm den Umriss des Hufs eines Bullen erklärt und, im Übrigen, auch den einer Kuh oder eines Kalbs. Er hatte sie deutlich auf einem Streifen von Birkenrinde gemalt. Diese hier waren völlig anders.

Sie waren groß, rund, weit und ohne die spitzen Konturen von scharfen Hufen. Er überlegte für einen Augenblick, ob die Spuren von Bären so aussehen würden. Es gab kein anderes Tier, das er sich hätte vorstellen können, da in dieser Jahreszeit die Rentiere nicht so weit nach Süden gekommen waren und wenn doch, dann würden sie ihre Hufspuren hinterlassen.

Dies waren unheilvolle Zeichen – diese mysteriösen Schriften, die im Schnee zurückgelassen wurden, durch die unbekannte Kreatur, die ein menschliches Wesen aus einem sicheren Platz gelockt hatte.

Und wenn er in seiner Vorstellung diese Symbole mit dem spukhaften Klang in Verbindung brachte, der in die Ruhe der Abenddämmerung hereinbrach, wurden seine Gedanken von einem plötzlichen Schwindel geschüttelt, der ihn über alle Maßen erschütterte.

Er fühlte den bedrohlichen Aspekt des Ganzen. Als er sich bückte, um die Abdrücke näher zu untersuchen, erfasste er einen schwachen Dufthauch dieses süßen und dennoch stechenden Geruchs, der in sofort wieder dazu brachte, sich gerade aufzurichten und ein Gefühl zu bekämpfen, das sich fast wie Ekel anfühlte.

Dann spielte ihm die Erinnerung wieder einen üblen Streich. Er erinnerte sich plötzlich an die unbedeckten Füße, die aus der Ecke des Zelts herausragten und das Erscheinungsbild des Körpers, der so erschien, als wäre er zur Öffnung hingezogen worden. Er dachte auch daran, dass sich der Mann zusammengezogen hatte, als er später aufwachte, vor etwas, das am Eingang zu sein schien.

Die Einzelheiten klopften nun in gemeinsamen Attacken gegen seinen zitternden Verstand. Sie schienen sich in den tiefen Flächen des stillen Waldes um ihn herum zu versammelten, wo die Masse der Bäume wartete, lauschte und dabei zusah, was er tun würde. Der Wald zog sich um ihn herum zusammen.

Mit der Beständigkeit echten Muts ging Simpson jedoch voran, folgte den Spuren, so gut er konnte, und beruhigte diese hässlichen Gefühlsregungen, die versuchten, seinen Willen zu schwächen. Er markierte unzählige Bäume auf seinem Weg und rief in Intervallen von ein paar Sekunden immer wieder laut den Namen des Führers.

Das stumpfe Schlagen der Axt auf die massiven Stämme und der unnatürliche Klang seiner eigenen Stimme wurden mit der Zeit Geräusche, die er nun sogar fürchtete zu machen oder zu hören. Sie lenkten unaufhörlich die Aufmerksamkeit auf seine Gegenwart und seinen genauen Aufenthaltsort, und wenn es wirklich so wäre, dass irgendetwas ihn verfolgte, so wie er etwas anderes verfolgte –

Unter großer Anstrengung unterdrückte er den Gedanken, selbst verfolgt zu werden, schon in dem Moment, als dieser hochkam. Er glaubte, dass dies der Anfang einer Verwirrung war, äußerst teuflischer Art, die ihn schnell zerstören würde.

Obwohl die Schneedecke nicht vollständig geschlossen war und nur in flachen Schneewehen über den offeneren Stellen lag, war es nicht schwer für ihn gewesen, den Spuren für die ersten wenigen Meilen zu folgen. Sie gingen geradeaus, wie an der Schur gezogen, wenn immer die Bäume dies erlaubten.

Die Schrittlänge begann sich zu vergrößern, bis sie schließlich Ausmaße erreichte, die es unmöglich erscheinen ließen, dass ein gewöhnliches Tier sie hinterlassen hatte. Sie wurden nun wie gewaltige fliegende Schritte.

Er hatte einen dieser Schritte gemessen. Obwohl er wusste, dass eine Spanne von fünfeinhalb Metern irgendwie nicht richtig sein konnte, war er doch völlig außerstande zu verstehen, warum er keinerlei Anzeichen auf dem Schnee zwischen diesen äußeren Punkten finden konnte.

Aber, was ihn noch mehr verwirrte, war die Tatsache, dass er das Gefühl hatte, seine Sehkraft wäre völlig verzerrt, da Défagos Gang sich in der gleichen Weise vergrößerte und schließlich die gleichen, unglaublichen Distanzen überbrückte.

Es sah so aus, als hätte ihn diese große Bestie angehoben und über diese erstaunlichen Abstände getragen.

Simpson, der viel größere Gliedmaße hatte als Défago, stellte fest, dass er nicht einmal die Hälfte dieser Spanne überbrücken könnte, selbst wenn er einen Anlauf genommen hätte.

Der Anblick dieser riesigen Spuren, die Seite an Seite verliefen und stille Zeugen einer fürchterlichen Reise waren, in der Schrecken und Wahnsinn unmögliche Ergebnisse erzwangen, war zutiefst bewegend. Es erschreckte ihn bis in die geheimen Tiefen seiner Seele. Es war das Schrecklichste, was seine Augen je gesehen hatten.

Er folgte ihnen völlig mechanisch, fast gedankenverloren, und schaute dabei immer wieder über seine Schulter, um zu sehen, ob auch er von etwas mit einem gigantischen Schritt verfolgt würde ...

Schon bald aber war es so, dass er nicht mehr länger begriff, was sie überhaupt bedeuteten – diese Abdrücke, die im Schnee hinterlassen wurden, von etwas Namenlosen und Ungezähmten, immer begleitet von den Fußspuren des kleinen Frankokanadiers, seinem Führer, seinem Kameraden, der Mann, der sich mit ihm, ein paar Stunden zuvor, das Zelt geteilt hatte, der an seiner Seite sprach, lachte und sogar sang …

V

Für einen Mann in solch jungen Jahren und unerfahren, konnte sich vielleicht nur ein aufgeweckter Schotte, ausgestattet mit gesundem Menschenverstand und vertraut mit Logik, so viel Gleichgewicht bewahren, wie es dieser junge Mensch das ganze Abenteuer hindurch irgendwie schaffte.

Ansonsten müssen ihn zwei Dinge, die er sofort erkannte, während er sich tapfer vorwärts kämpfte, dazu veranlasst haben, kopfüber zurück in sein vergleichsweise sicheres Zelt zu eilen, anstatt seine Hände noch fester an den Gewehrschaft zu klammern, während sein Herz, trainiert für die Wee Kirk Kirche, ein wortloses Gebet hoch in den Himmel schickte. Beide Spuren, die er sah, hatten sich verändert, und diese Veränderungen, was die Fußspuren des Mannes anbelangte, waren in einer nicht entschlüsselbaren Weise – entsetzlich.

Es war in den größeren Abdrücken, wo dies zum ersten Mal bemerkte, und für eine ganze Weile konnte er seinen Augen nicht recht glauben.

Waren es die herumfliegenden Blätter, die eigenartige Effekte von Licht und Schatten produzierten, oder der trockene Schnee, der wie fein gemahlener Reis um die Ränder wehte und Schatten und grelle Lichtscheine warf?

Oder war es so, dass die großen Spuren eine leichte Färbung angenommen hatten? Denn, rund um die tief eingedrückten, vom Tier stammenden Löcher, erschien nun eine mysteriöse, rötliche Färbung, die mehr wie ein Lichteffekt erschien als etwas, das den Schnee selbst gefärbt hatte. Jeder Abdruck war so, immer verstärkter – mit dieser undeutlichen, feurigen Färbung, die einen Hauch von Gespenstigkeit hinterließ.

Aber als er, unfähig das zu erklären oder zuzuordnen, seine Aufmerksamkeit auf die kleineren Spuren richtete, um zu sehen, ob auch sie ähnliche Anzeichen beinhalteten, bemerkte er, dass sich diese in der Zwischenzeit in einer Weise verändert hatten, die wesentlich schlimmer war und weit größere Schrecklichkeit vermuten ließ.

Denn er sah während der letzten einhundert Meter oder so, dass diese – nach und nach – dem anderen größeren Profil immer ähnlicher wurden. Die Veränderung kam kaum wahrnehmbar, dennoch unmissverständlich.

Es war schwer, zu erkennen, wo diese Verwandlung begonnen hatte. Das Resultat war jedoch außer Zweifel. Kleiner, ordentlicher, besser ausgeformt, wurden sie nun eine genaue und sorgfältig ausgeformte Kopie der größeren Spuren neben ihnen.

Die Füße, die diese Spuren verursachten, mussten sich folglich auch verändert haben. Irgendetwas in seinem Verstand bäumte sich auf, mit Abscheu und Schrecken, als er das sah.

Simpson zögerte zum ersten Mal. Dann, als er sich für seine Angst und Unentschlossenheit schämte, ging er einige schnelle Schritte nach vorne; doch schon im nächsten Moment blieb er ruckartig stehen ...

Direkt vor ihm waren alle Anzeichen der Fährte verschwunden; beide Spuren waren abrupt zu Ende gekommen. Nach allen Seiten, für einhundert Meter oder mehr, suchte er vergeblich nach dem letzten Hinweis ihrer Existenz. Da war aber – nichts.

Die Bäume waren an dieser Stelle sehr dick, alles große Exemplare, Fichte, Zeder, Hemlocktannen; es gab keinerlei Gebüsch. Er stand da und schaute sich um, völlig aufgelöst und jeglicher Entscheidungskraft beraubt. Dann machte er sich wieder daran zu suchen, wieder und wieder, aber immer mit dem gleichen Ergebnis: *nichts.* Die Füße, die bis jetzt ihre Abdrücke im Schnee hinterließen, hatten – offensichtlich – den Boden verlassen.

Und es war in diesem Moment der Not und Verwirrung, als die Peitsche des Terrors ihren mit höchster Präzision geplanten Schlag über sein Herz schickte. Dieser kam mit großer Wucht herunter auf die wundeste Stelle von allen und nahm ihm noch den letzten Nerv. Er hatte die ganze Zeit über insgeheim befürchtet, dass es kommen würde – und es kam.

Hoch über ihm, gedämpft durch die große Höhe und Distanz, seltsam geschwächt und wehklagend hörte er die weinende Stimme von Défago, seinem Führer.

Der Klang fiel auf ihn herab aus diesem ruhigen, winterlichen Himmel, mit einem beispiellosen Ausdruck von Entsetzen und Schrecken.

Das Gewehr fiel vor seine Füße. Für einen Moment stand er regungslos da und hörte hin, so, als täte er dies mit seinem ganzen Körper. Dann stolperte er zurück und suchte Halt am nächsten Baum, hoffnungslos verwirrt in Geist und Seele. In diesem Moment schien es für ihn die niederschmetterndste und verwirrendste Erfahrung zu sein, die er je hatte, sodass sein Herz wie durch einen Sog von allen Gefühlen entleert wurde.

"Oh! Oh! Diese feurige Höhe! Oh, meine feurigen Füße! Meine brennenden feurigen Füße ...!"

So kam sie aus der Ferne, vom Himmel herab, mit flehentlichen, unbeschreiblichen Bitten, diese Stimme der Qual. Einmal rief sie – dann war Stille in der lauschenden Wildnis der Bäume.

Und Simpson, der kaum wusste, was er tat, fand sich augenblicklich wieder, wie er hin und her lief, suchend, rufend, über Wurzeln und Geröll stolpernd und sich in einen Rausch einer ziellosen Verfolgung des Rufenden hineinwarf.

Hinter dem Vorhang von Erinnerung und Gefühl, mit der die Erfahrung Ereignisse umhüllt, stolperte er herum, abgelenkt und halb verwirrt, sah falsche Lichter wie ein Schiff auf See, mit Schrecken in seinen Augen, im Herz und in der Seele.

Die die Panik der Wildnis hatte ihm zugerufen, mit dieser entfernten Stimme – die Kraft ungezähmter Weite – die Verlockung der Trostlosigkeit mit ihrer zerstörerischen Wirkung.

In diesem Moment fühlte er den ganzen Schmerz von jemandem, der hoffnungslos und unwiederbringlich verloren ist und die Lust und Leiden einer Seele erfährt, die sich in der endgültigen Einsamkeit befindet. Das Bild von Défago, bis in alle Ewigkeit gejagt, getrieben und verfolgt über den weiten Himmel dieser alten Wälder, flog wie eine Flamme über die dunklen Reste seiner Gedanken …

Es erschien eine endlose Zeit vergangen zu sein, bevor er etwas im Chaos seiner planlosen Gefühle fand, an das er sich für einen Moment festhalten konnte, um nachzudenken…

Der Schrei wurde nicht wiederholt; sein eigenes, heißeres Rufen brachte keine Antwort; die unergründlichen Kräfte der Wildnis hatten ihr Opfer auf Nimmerwiedersehen geholt – und hielten es fest.

Dennoch suchte und rief er, wie es schien, noch für Stunden danach, denn es war schon spät am Nachmittag, als er schließlich entschied, eine unnütze Verfolgung aufzugeben und zu seinem Lager an den Ufern der Fifty Island Gewässer zurückzukehren.

Aber selbst dann ging er nur widerwillig, mit dieser weinenden Stimme, die immer noch in seinen Ohren klang. Unter Schwierigkeiten fand er sein Gewehr und den Weg nach Hause.

Die notwendige Aufmerksamkeit auf die ziemlich heftig markierten Bäume gerichtet und ein beißender Hunger, der an ihm nagte, halfen seine Gedanken stabil zu halten.

Andererseits, so gab er später zu, könnte die vorübergehende Verwirrung, derer er ausgesetzt war, bis zu einem Punkt gedauert haben, wo sich positive Effekte aus einem Unglück ergeben. Stück für Stück wich der Ballast, und er erreichte ein Stadium, das seinem normalen Gleichgewicht näherkam.

Trotz alledem wurde der weitere Weg, der durch die hereinkommende Dunkelheit führte, unglücklich heimgesucht.

Er hörte unzählige Fußschritte, die ihm folgten; Stimmen, die lachten und flüsterten; er sah Gestalten, die hinter Bäumen und Felsbrocken kauerten und sich Zeichen für eine gemeinsame Attacke gaben, in dem Moment, wo er vorbeigegangen war.

Das schleichende Gemurmel des Windes ließ ihn zusammenzucken und lauschen. Er ging klammheimlich voran und versuchte, sich zu verstecken, wenn immer es ging, und machte so wenig Lärm wie möglich.

Die Schatten des Waldes, die ihn bisher schützten oder wenigstens leichte Deckung boten, wurden nun bedrohlich und herausfordernd. Die Verwirrung in seinem verängstigten Kopf verbarg viele Dinge, die durch ihre Unklarheit erst recht bedrohlich waren. Die Vorahnung eines unbekannten Unheils lauerte unverhohlen hinter jeder Einzelheit der vorausgegangenen Geschehnisse.

Es war wirklich bewundernswert, wie er am Schluss doch noch als Sieger hervorging. Männer, selbst mit reiferen Kräften und Erfahrungen wären möglicherweise mit weniger Erfolg durch diesen Leidensweg gekommen. Er hatte sich selbst einigermaßen im Griff, alles zusammengenommen, und die Planung seiner Handlungen bestätigte dies.

An Schlaf durfte er nicht denken; aber auch das Laufen über unbekannte Pfade in der Dunkelheit war gleichermaßen unmöglich. Er saß aufrecht, die ganze Nacht hindurch, das Gewehr in der Hand und vor einem Feuer, dass er auch nicht nur für den geringsten Moment zu weit herunterbrennen ließ. Die Schwierigkeiten dieser gespenstisch heimgesuchten Nachtwache prägten sich für sein ganzes Leben in seine Seele ein, aber alles wurde erfolgreich vollbracht.

Mit den allerersten Anzeichen der Morgendämmerung machte er sich wieder auf die Rückreise zum Hauptlager, um Hilfe zu holen. Wie schon zuvor hinterließ er eine schriftliche Notiz, um seine Abwesenheit zu erklären, aber auch, um darauf hinzuweisen, wo er ein reichlich gefülltes *cache* [Versteck] mit Essbarem und Streichhölzern hinterlassen hatte – obwohl er keinerlei Hinweise darauf hatte, dass menschliche Hände sie hier finden könnten.

Wie Simpson seinen Weg ganz alleine am See und durch den Wald gefunden hatte, wäre eine ganze Geschichte für sich, denn wenn man seiner Erzählung zuhört, *versteht* man die leidenschaftliche Einsamkeit der Seele, die ein Mann fühlt, wenn ihn die Wildnis in der Kuhle ihrer grenzenlosen Hand hält – und lacht. Aber auch seinen unbeugsamen Mut kann man dabei bewundern.

Er beruft sich nicht auf besondere Kenntnisse und erklärt, dass er den fast unsichtbaren Pfad rein mechanisch gefolgt ist, ohne zu denken. Und dies ist ohne Zweifel die Wahrheit. Er hatte sich durch sein Unterbewusstsein leiten lassen, etwas, das man Instinkt nennt. Vielleicht hat auch ein Gespür für Orientierung geholfen, wie man es von Tieren oder primitiven Menschen kennt, denn durch diese ganze verschlungene Gegend hindurch, hatte er den genauen Platz gefunden, wo Défago das Kanu vor fast drei Tagen gelassen hatte, mit dem Hinweis 'begebe dich westwärts, über den See und in die Sonne, um das Lager zu finden'.

Es war nicht mehr viel von der Sonne zu sehen, um ihn zu leiten, aber er benutzte seinen Kompass, so gut er konnte. Er stieg in das fragile Schiffchen, um die letzten zwölf Meilen seiner Reise zurückzulegen, verbunden mit dem Gefühl enormer Erleichterung, dass er endlich den Wald hinter sich gelassen hatte.

Glücklicherweise war das Wasser ruhig. Er fuhr direkt über die Mitte des Sees, anstatt für weitere zwanzig Meilen am Ufer entlang. Es war auch ein günstiger Umstand, dass die anderen Jäger schon zurückgekommen waren. Das Licht ihrer Feuer gab ihm einen Punkt, den er ansteuern konnte, ohne den er möglicherweise die ganze Nacht über nach der genauen Lage des Lagers gesucht hätte.

Es war trotzdem schon fast Mitternacht, als sein Kanu auf die sandige Bucht glitt. Hank, Punk und sein Onkel, aufgeschreckt im Schlaf durch seine Schreie, rannten schnell hinunter über die Felsen und halfen einem erschöpften und gebrochenen Schottenmenschen, hin zu einem erlöschenden Feuer.

VI

Das plötzliche Erscheinen seines nüchtern denkenden Onkels, hinein in diese Welt von Hexerei und Schrecken, die ihn ohne Unterbrechung für zwei Tage und zwei Nächte verfolgt hatte, sorgte sofort dafür, dass die Sache eine völlig neue Seite bekam. Es war der Klang dieser erfrischenden Worte "Hallo, mein Junge!" und "was gibt es?", und der Griff dieser trockenen und starken Hand, was ein anderes Bild der Beurteilung bewirkte. Ein Gefühl der Entrüstung ging durch ihn hindurch. Er erkannte, dass er sich ziemlich schlimm hat gehen lassen. Er schämte sich auch fast für sich selbst. Die natürliche Sachlichkeit seiner Rasse hatte ihn wieder eingenommen.

Das ist es, was es ohne Zweifel erklärt, warum er es als so schwierig empfand, der Gruppe rund um das Feuer die Dinge zu berichten – alle. Jedoch, er hatte genug gesagt, um den sofortigen Beschluss zu bewirken, dass sich, sobald als möglich, ein Rettungstrupp auf den Weg machen sollte. Simpson, um diesen entsprechend anführen zu können, musste zuerst etwas essen und, vor allen Dingen, Schlaf bekommen.

Dr. Cathcart kümmerte sich um den Zustand des Burschen raffinierter, als es sein Patient ahnte, und gab ihm eine leichte Injektion von Morphium. Für sechs Stunden schlief er wie ein Toter.

Aufgrund der Beschreibung, die später von dem Theologiestudenten sorgfältig niedergeschrieben wurde, hat es den Anschein, dass er bei seinem Bericht an die erstaunte Gruppe verschiedene kritische und wichtige Einzelheiten weggelassen hatte. Er erklärte, dass er aufgrund des besinnlichen und sachlichen Gesichtsausdrucks seines Onkels, mit dem dieser ihn ansah, einfach nicht den Mut hatte, sie zu erwähnen.

Deshalb nahm auch die gesamte Suchmannschaft an, dass Défago in der Nacht einen akuten und unerklärlichen Wahnsinnsanfall hatte und glaubte, jemand oder etwas hätte ihn gerufen. Er war deshalb in die Wildnis hinterher gestürmt, ohne Nahrung und Gewehr, wo er einen schrecklichen und langen Tod durch Kälte und Hunger erleiden würde, es sei denn, man würde ihn rechtzeitig finden und retten. 'Rechtzeitig' bedeutete hier – *sofort*.

Am nächsten Tag waren sie um sieben Uhr aufgestanden und überließen Punk die Verantwortung, verbunden mit der Anweisung, immer etwas zu essen bereitzuhalten und das Feuer brennen zu lassen. Im Verlaufe dieses Tages fand Simpson die Gelegenheit, dem Onkel weitaus mehr von dem wahren Inhalt der Geschichte zu erzählen, ohne das Gefühl zu haben es wäre in Wirklichkeit in der raffinierten Form eines Kreuzverhörs, aus ihm herausgeholt worden.

Als sie den Anfang des Pfads erreicht hatten, wo das Kanu für die Rückreise zurückgelassen wurde, erwähnte er, wie Défago vage von etwas geredet hatte, das 'Wendigo' genannt wird. Aber auch darüber, wie er im Schlaf weinte, wie er einen ungewöhnlichen Geruch um das Lager herum wahrgenommen und andere Anzeichen mentaler Aufregung gezeigt hatte.

Er räumte auch die verwirrende Wirkung dieses 'außergewöhnlichen Geruchs' auf ihn selbst ein, 'scharf und beißend wie der Geruch von Löwen'. Und als sie noch eine knappe Stunde von dem Fifty Island Gewässern entfernt waren ließ er noch eine andere Einzelheit heraus – ein dummes Bekenntnis seiner eigenen hysterischen Verfassung, wie es ihm später vorkam. Er erzählte, dass er den verschwundenen Führer nach Hilfe rufen hörte. Er ließ die einzelnen Sätze weg, die benutzt wurden, da er sich einfach nicht dazu bringen konnte, diese groteske Sprache zu wiederholen.

Auch als er beschrieb, wie die sich Fußabdrücke des Mannes im Schnee langsam zu einem exakten

Miniaturabbild der hinterlassenen Spuren des Tieres verwandelt hatten, unterdrückte er die Tatsache, dass sie eine *total* unvorstellbare Schrittlänge hatten. Es schien eine Frage der richtigen Balance zwischen eigenem Stolz und Ehrlichkeit zu sein, was er preisgeben und was er verschweigen sollte. Zum Beispiel erwähnte er die feurige Färbung im Schnee, nahm aber davon Abstand, zu erwähnen, dass Hanks Körper und Lagerstatt teilweise aus dem Zelt herausgezogen wurden.

Das führte im Ergebnis dazu, dass ihm Dr. Cathcart, als kluger Psychologe, wofür er sich selbst hielt, deutlich genug klarmachte, wo sein Verstand unter dem Einfluss von Einsamkeit, Verwirrung und Furcht der Belastung nachgab und Wahnvorstellungen geradezu einlud.

Während er sein Verhalten lobte, war er gleichzeitig in der Lage anzudeuten, wo, wann und wie sich sein Geist verirrte. Er brachte seinen Neffen durch besonnenes Lob dazu, dass er besser von sich dachte, als er war, dennoch auch närrischer, durch Herunterspielen des Wertes seiner Aussagen. Wie viele andere Materialisten auch, stützt er sich geschickt auf die Grundlage ungenügenden Wissens, denn das vorgebrachte Wissen schien ihm für seine eigene Intelligenz zu unlogisch.

"Der Fluch dieser schrecklichen Einsamkeit", sagte er. "Sie kann keinen Verstand in Ruhe lassen, das heißt, jeden Verstand, der eine höhere Vorstellungskraft hat. Es hat bei dir gewirkt, genauso wie bei mir, als ich in deinem Alter war."

"Das Tier, das euer kleines Lager heimgesucht hat, war zweifellos ein Elch, da das 'Röhren' eines Elchs manchmal eine sehr seltsame Klangeigenschaft haben kann. Die farbliche Erscheinung der großen Spuren war offensichtlich ein Mangel in der Sicht deiner Augen, hervorgebracht durch Aufregung. Was die Größe und die Ausdehnung der Spuren angehen, werden wir das überprüfen, sobald wir bei ihnen angekommen sind."

"Die Halluzination einer hörbaren Stimme ist natürlich eine der häufigsten Formen der Sinnestäuschung, aufgrund mentaler Erregung – eine Erregung, mein lieber Junge, die völlig entschuldbar ist und die – lass mich das noch anfügen – unter den gegebenen Umständen in wundervoller Weise durch dich beherrscht worden ist."

"Was alles andere anbelangt, möchte ich sagen, dass du sehr mutig gehandelt hast, denn der Schrecken, sich verloren in der Wildnis wiederzufinden, ist durchaus schaurig. Wenn ich an deiner Stelle gewesen wäre, glaube ich nicht für einen Moment daran, dass ich mich auch nur mit einem Viertel deiner Weisheit und Entschlossenheit verhalten hätte."

"Das Einzige, das ich ungewöhnlich schwierig finde, zu erklären, ist dieser – verdammte – Geruch."

"Er hat mich krank gemacht, kann ich dir versichern", erklärte sein Neffe, "wirklich schwindlig!"

Die Haltung seines Onkels mit seiner besänftigenden Allwissenheit, nur weil er mehr psychologische Formeln kannte, machte ihn etwas trotzig. Es war so leicht, schlaue Erklärungen zu einer Erfahrung zu machen, die man nicht persönlich miterlebt hat. "Eine Art von verwestem und schrecklichem Geruch wäre der einzige Weg für mich, das zu beschreiben", schloss er und schaute auf den Ausdruck des ruhigen, emotionslosen Mannes neben ihm.

"Ich kann mich nur wundern", war die Antwort, "dass es dir unter diesen Umständen nicht noch schlimmer vorgekommen ist." Die trockenen Worte, das wusste Simpson, schwebten zwischen der Wahrheit und der Auslegung seines Onkels von der 'Wahrheit'.

Und so kamen sie schließlich zu dem kleinen Lager und fanden das Zelt noch stehend vor, die Überbleibsel des Feuers und das Stück Papier, das er auf den Stock daneben aufgespießt hatte – waren unberührt.

Das Vorratsversteck, schlecht gewählt von unerfahrenen Händen, war entdeckt und geöffnet worden – von Bisamratten, Nerzen und Eichhörnchen. Die Streichhölzer lagen verstreut um die Eingangsöffnung herum, aber das Essen war bis zum letzten Krümel verschwunden.

"Nun, Kameraden, er ist nicht hier", rief Hank aus, so laut, wie es seine Art war. "Und das ist so sicher wie die Kohlevorkommen in der Erde unter uns! Aber wo er sich jetzt befindet, ist genauso ungewiss wie das Geschäft in einem Hurenhaus."

Die Anwesenheit eines Theologiestudenten war kein Hindernis für seine Ausdrucksweise zu dieser Zeit, aber aus Rücksicht auf die Leser sollte diese erheblich zensiert werden. "Ich schlage vor", fügte er hinzu, "dass wir sofort beginnen und wie verrückt nach ihm suchen."

Das schlimme Ende von Défagos zu befürchtendem Schicksal bedrückte jeden in der Gruppe mit einem Gefühl schauderhafter Ernsthaftigkeit, in dem Moment, wo sie die vertrauten Zeichen einer kürzlichen Nutzung sahen. Besonders das Zelt mit dem Bett aus den Zweigen der Balsamtanne, immer noch sanft und geglättet von dem Gewicht des Körpers, schien ihnen seine Gegenwart nahe an sie heranzubringen.

Simpson, der sich so unsicher fühlte, als wäre seine Welt gefährdet, begann damit, Einzelheiten in einem gedämpften Ton zu erklären. Er war nun viel ruhiger, obwohl er von seinen vielen Reisen sehr erschöpft war. Die Art seines Onkels, die Dinge zu erklären – oder, besser ausgedrückt, 'wegzuerklären' – mit den Einzelheiten, die immer noch sehr frisch in seinem geplagten Gedächtnis waren, half ihm auch, Eis auf seine Gefühle zu legen.

"Und das ist die Richtung, in die er weggerannt ist" sagte er zu seinen zwei Begleitern und zeigte in die Richtung, in der sein Führer an diesem Morgen in der grauen Morgendämmerung verschwunden war. "Geradeaus, dort hinunter, rannte er wie ein Reh, zwischen der Birke und der Hemlocktanne hindurch ..."

Hank und Dr. Cathcart tauschten Blicke aus.

"Und es waren ungefähr zwei Meilen in einer geraden Linie, in die Richtung dort hinten, wohin ich seiner Spur gefolgt bin, bis an den Platz, wo sie – aufhörte – und dann völlig weg war", fuhr er fort und hatte wieder etwas vom alten Schrecken in seiner Stimme,

"Und, wo du ihn hast rufen hören und den Gestank wahrgenommen hast und den ganzen Rest von dieser bösartigen Darbietung", rief Hank mit einer Redseligkeit, die seine große Verzweiflung verriet.

"Und wo deine Aufregung dich übermannt hatte, bis zu dem Punkt, wo du Trugbilder produziert hast", fügte Dr. Cathcart murmelnd hinzu, aber auch nicht so leise, dass sein Neffe es nicht hören konnte.

Es war früh am Nachmittag, da sie schnell vorangekommen waren, und sie hatten noch für gut zwei Stunden Tageslicht. Dr. Cathcart und Hank verloren keine Zeit, um die Suche zu beginnen, aber Simpson war zu erschöpft, um sie zu begleiten. Sie würden den mit der Axt eingeschlagenen Markierungen an den Bäumen folgen und, wenn möglich, seinen Fußspuren. In der Zwischenzeit war das Beste, was er tun konnte, das gute Feuer am Leben zu halten und sich auszuruhen.

Aber nach einer Suche von etwa drei Stunden, als die Dunkelheit schon heruntergekommen war, kamen die beiden Männer zurück ins Lager, ohne etwas berichten zu können.

Neuschnee hatte alle Anzeichen überdeckt, und obwohl sie den markierten Bäumen bis zu einem Punkt folgten, wo Simpson umgekehrt war, hatten sie nicht den geringsten Hinweis auf die Existenz eines menschlichen Wesens entdeckt. Es gab keine frischen Spuren jedweder Art; der Schnee war unberührt.

Es war schwer zu ergründen, was das Beste war, das sie tun konnten, obwohl es in Wirklichkeit nichts mehr gab, was sie tun *könnten*. Sie würden Tage und Wochen bleiben, ohne große Aussichten auf Erfolg.

Der frische Schnee hatte ihre einzige Hoffnung zerstört, und sie versammelten sich rund um das Feuer zum Abendessen – eine betrübte und niedergeschlagene Gesellschaft.

Die Tatsachen waren wirklich traurig genug, da Défago eine Frau in Rat Portage hatte, und seine Einkünfte waren die einzige Unterstützung für die Familie.

Nun, da die ganze Wahrheit in ihrer vollkommenen Hässlichkeit heraus war, erschien es sinnlos zu sein, sich weiter zu verstellen oder zu heucheln. Folglich sprachen sie nun ganz offen über die Tatsachen und Wahrscheinlichkeiten.

Es war nicht das erste Mal, auch in den Erfahrungen des Dr. Cathcart, dass ein Mann den besonderen Verführungen der Einsamkeit verfallen war und verrückt wurde.

Darüber hinaus war Défago auch für solcherlei Dinge anfällig, da er bereits einen Hauch von Melancholie in seinem Blut hatte, und sein Körper war von Saufgelagen geschwächt, die oft für Wochen andauerten.

Irgendetwas auf dieser Reise – man wird wohl nie wissen was – hat ausgereicht, ihn über die Grenze hinaus zu bringen, das war alles. Und er war weggegangen, weg in die große Wildnis von Bäumen und Seen, um an Hunger und Erschöpfung zu sterben.

Die Chancen, dass er das Lager wiederfindet, standen in erdrückender Weise gegen ihn. Seine Wahnvorstellungen dürften sich ohne Zweifel vergrößert haben, und es war sehr wahrscheinlich, dass er sich selbst etwas antun und so in sein grausames Schicksal rennen würde.

Vermutlich war das Ende schon gekommen, während sie sich hier unterhielten. Jedoch, auf Vorschlag von Hank, seinem alten Kumpel, beschlossen sie noch eine Weile länger zu warten und den ganzen folgenden Tag, von der Morgendämmerung bis zum Sonnenuntergang, der höchstmöglichen systematischen Suche zu widmen, die sie sich ausdenken konnten. Dabei würden sie das Gebiet unter sich aufteilen. Sie besprachen sehr ausführlich ihren Plan. Alles, was Männer tun konnten, würden sie tun.

In der Zwischenzeit sprachen sie über die sonderbare Weise, in der diese eigenartige Panik der Wildnis ihre Attacken auf den Geist des unglücklichen Führers unternommen hatte.

Hank, obwohl mit der Legende im Großen und Ganzen vertraut, war nicht erfreut darüber, welche Wendung die Unterhaltung genommen hatte. Er trug wenig dazu bei, aber das wenige war aufschlussreich.

Er gab zu, dass es eine Geschichte gab, die sich überall in diesem Teil des Landes verbreitet hatte und wo gesagt wurde, dass einige Indianer 'den Wendigo gesehen hatten', entlang der Ufer des Fifty Island Gewässers im Herbst des letzten Jahres, und dass es der wahre Grund für Défagos Abneigung war, hier zu jagen. Hank fühlte zweifelsohne, dass er in einer gewissen Weise den Tod seines Freundes mitverschuldet hatte, indem er ihn dazu überredete.

"Wenn ein Indianer verrückt wird", erklärte er, und es schien so, dass er dabei mehr zu sich selbst sprach als zu den anderen, "sagt man immer, dass er 'den Wendigo gesehen hat'. Und der arme, alte Défago war abergläubisch bis hinunter zu seinen Fersen ... !"

Und dann kam Simpson, der nun fühlte, dass die Stimmung sympathischer wurde, und erzählte noch einmal die ganze, erstaunliche Geschichte – in all ihren Einzelheiten. Er ließ diesmal nichts aus; er erwähnte seine eigenen Gefühle und ergreifenden Ängste. Er ließ nur die seltsame Sprache weg, die benutzt wurde.

"Aber Défago hatte dir sicherlich schon alle Einzelheiten der Wendigo-Legende erzählt, mein lieber Freund", insistierte der Doktor. "Ich meine, dass er darüber gesprochen hat und so die Ideen in deinen Kopf brachte, die sich danach in deiner Aufregung entfaltet haben?"

Daraufhin wiederholte Simpson nach einmal die Tatsachen. Défago, so erklärte er, hat das Biest kaum erwähnt. Er, Simpson, wusste nichts von dieser Geschichte und, soweit er sich erinnern konnte, hatte er auch niemals etwas darüber gelesen. Sogar das Wort war ihm unbekannt.

Natürlich sagte er die Wahrheit, und Dr. Cathcart war gegen seinen Willen genötigt, die besondere Eigenartigkeit der ganzen Sache zuzugeben. Er tat dies jedoch nicht so sehr mit Worten als vielmehr durch sein Verhalten. Er lehnte weiter mit seinem Rücken gegen einen festen, starken Baum; er stocherte im Feuer und hielt es am Leben, sobald es Anzeichen zeigte, auszugehen; er war schneller als alle anderen, das geringste Geräusch in der Nacht um sie herum wahrzunehmen – ein Fisch, der im Wasser sprang, ein Zweig, der im Gebüsch zerbrach, das gelegentliche Herunterfallen von gefrorenem Schnee von den Ästen über ihnen, wo die Hitze des Feuers ihn ablöste. Auch klang seine Stimme ein wenig verändert und weniger überzeugend, und sie war auch leiser im Ton. Um es deutlich zu sagen, die Furcht schwebte dicht über diesem kleinen Lager. Obwohl alle drei gerne über etwas anderes gesprochen hätten, war es doch die einzige Sache, die sie in der Lage waren, zu diskutieren – der Grund für ihre Furcht. Sie versuchten sich vergeblich an anderen Themen, aber es gab diesbezüglich nichts zu sagen. Hank war der Ehrlichste in der Gruppe, er sagte fast nichts. Nicht ein einziges Mal drehte er seinen Rücken in die Dunkelheit. Sein Gesicht war immer zum Wald hin gerichtet, und als Holz gebraucht wurde, ging er niemals weiter, als notwendig war, es zu finden.

VII

Eine Wand des Schweigens umhüllte sie, da der Schnee, obwohl nicht dicht, ausreichte, jedes Geräusch zu ersticken, und auch der Frost hielt die Dinge darum herum zusammen. Kein Laut war zu vernehmen, außer ihren Stimmen und dem sanften Tosen der Flammen. Nur von Zeit zu Zeit kam etwas durch die Luft an ihnen vorbei, sanft wie das Flattern einer Kiefermotte. Niemand war bestrebt, zu Bett zu gehen. Die Stunden glitten vorbei in Richtung Mitternacht.

"Die Legende ist malerisch genug", stellte der Doktor nach einer längeren Pause fest, und er bemerkte dies, mehr um das Schweigen zu unterbrechen, als dass er etwas zu sagen hätte, "denn der Wendigo ist einfach nur die Verkörperung des Rufs der Wildnis, die einige Wesen nur zu ihrer eigenen Vernichtung hören."

"So ungefähr ist es", sagte Hank sarkastisch, "und es gibt kein Missverständnis, wenn du ihn hörst. Er ruft dich mit deinem Namen, nicht wahr?"

Es folgte eine weitere Pause. Dann kam Dr. Cathcart zurück zu dem verbotenen Thema, mit einer Eile, welche die anderen aufhorchen ließ. "Das Sinnbild *ist* bedeutungsvoll", bemerkte er und schaute sich dabei in der Dunkelheit um. "Was die Stimme anbelangt, sagen sie, ähnelt sie all den alltäglichen Geräuschen im Busch – Wind,

Wasserfälle, Schreie der Tiere und so weiter. Und wenn das Opfer *diese* erst einmal hört – ist er natürlich wieder verschwunden. Darüber sind seine verwundbarsten Stellen, so sagt man, seine Füße und seine Augen. Die Füße, seht ihr, wegen der Begierde herumzulaufen, und die Augen, wegen seiner Begierde nach Schönheit. Der arme Kerl läuft mit einer solch schrecklichen Geschwindigkeit, dass er unter den Augen zu bluten beginnt, und seine Füße brennen."

Als Dr. Cathcart sprach, starrte er besorgt in die Finsternis um sie herum. Seine Stimme senkte sich zu einem Flüstern. "Der Wendigo", fügte er hinzu, "sagt man, verbrennt sich seine Füße – wegen der Reibung, die offensichtlich durch seine ungeheurere Geschwindigkeit verursacht wird – bis sie abfallen und sich neue bilden, die genauso sind wie seine alten."

Simpson hörte mit entsetztem Staunen zu, aber es war die Blässe im Gesicht von Hank, die ihn am meisten faszinierte. Er hätte sich gerne seine Ohren zugehalten und seine Augen geschlossen, wenn er es gewagt hätte.

"Er bleibt auch nicht immer auf dem Boden", kam Hanks Reaktion, langsam und gedehnt, "denn er geht so hoch hinauf, dass man denkt, die Sterne hätten ihn entflammt. Und er macht manchmal auch große, pochende Schritte und rennt auf den Wimpeln der Bäume entlang und nimmt seinen Begleiter mit sich, den er dann fallen lässt, wie ein Fischadler einen Zander fallen lässt, um ihn zu töten, bevor er ihn isst."

"Und seine Nahrung, von all dem Mist, den es in der Wildnis gibt, ist – Moos." Dabei gab er ein kurzes, unnatürliches Lachen von sich. "Er ist ein 'Moosfresser', dieser Wendigo", fügte er hinzu und schaut aufgeregt in die Gesichter seiner Begleiter. "Moosfresser", wiederholte er, begleitet von einer Serie der ausgefallensten Flüche, die er sich einfallen lassen konnte.

Simpson verstand nun aber die wahre Absicht hinter all diesem Gerede. Was diese beiden Männer, beide auf ihre eigene Art stark und 'erfahren', mehr als alles andere fürchteten – war Stille. Sie sprachen – gegen die Zeit. Sie sprachen auch gegen die Dunkelheit, gegen das Eindringen von Panik, gegen das Zugeben, dass Nachdenken vielleicht zeigen würde, dass sie sich in Feindesland befinden – in der Tat gegen alles, statt ihren innersten Gedanken zu erlauben, die Kontrolle zu übernehmen.

Was ihn angeht, war er in dieser Hinsicht, ausgelöst durch diese fürchterliche Nachtwache, bereits weiter als die beiden. Er hatte das Stadium erreicht, wo er immun geworden war. Aber diese beiden, der spottende, analytisch denkende Doktor und der ehrliche, zähe Hinterwäldler, saßen beide gewaltig zitternd da.

Die Stunden vergingen. Mit leisergewordenen Stimmen und einer Art von angespanntem innerem Widerstand des Geistes saß diese kleine Menschengruppe in den Klauen der Wildnis, und sie sprachen in törichter Weise über diese schreckliche und gespenstische Legende.

Es war ein ungleicher Wettbewerb, wenn man alles zusammennimmt, da die Wildnis bereits die Gelegenheit zur ersten Attacke genutzt hatte – und sich nun eine Geisel in ihrem Besitz befindet. Das Schicksal ihres Kameraden schwebte über ihnen mit einem ständig stärker drückenden Gewicht, das am Ende unerträglich wurde.

Es war Hank, nach einer Pause, die länger als die vorherigen dauerte und die anscheinend niemand unterbrechen konnte, der als Erster in einer unerwarteten Weise seinem unterdrückten Gefühl freien Lauf ließ. Er sprang plötzlich auf seine Füße und schickte den höchst ohrenbetäubenden Schrei, den man sich vorstellen kann, in die Nacht hinaus. Er konnte sich nicht länger beherrschen, wie es schien. Um den Schrei noch weiter als gewöhnlich zu tragen, unterbrach er den Rhythmus, indem der seine Handfläche vor dem Mund hin und her bewegte.

"Das war für Défago", sagte er und schaute runter auf die anderen beiden mit einem seltsamen, herausfordernden Lachen, "denn es ist meine feste Überzeugung – die Schwüre dazwischen kann man weglassen – dass in dieser Minute mein alter Partner nicht weit weg von uns ist."

Es gab da eine Heftigkeit und eine Verwegenheit in seinem Auftritt, die den erstaunten Simpson ebenfalls auf die Füße kommen ließ und die sogar den Doktor dazu brachte, die Pfeife aus seinen Lippen gleiten zu lassen. Hanks Gesicht war gespenstisch, doch das von Cathcart zeigte eine plötzliche Schwäche – ein Loslassen von all seinen Fähigkeiten, wie es schien.

Dann schoss ein plötzlicher Ärger in seine Augen, und auch er stand auf, aber mit Bedacht, der aus seiner gewöhnlichen Selbstbeherrschung kam, und betrachtete den erregten Führer. Das konnte er nicht zulassen, es war dumm, gefährlich, und er hatte die Absicht, das im Keim zu ersticken.

Darüber, was in den nächsten ein, zwei Minuten passiert wäre, kann man spekulieren, aber nie mit Bestimmtheit wissen, denn im Moment der tiefen Stille, die Hanks röhrender Stimme folgte – so als wäre es eine Antwort darauf – flog etwas mit ungeheurer Geschwindigkeit durch die Dunkelheit des Himmels über ihnen – etwas, das sehr groß sein musste, da viel Luft verdrängt wurde. Währenddessen, zwischen den Bäumen hindurch, fiel ein schwacher und windiger Schrei einer menschlichen Stimme, die in unbeschreiblichen Tönen der Qual und des Flehens rief –

"Oh! Oh! Diese feurige Höhe! Oh, meine feurigen Füße! Meine brennenden feurigen Füße ...!"

Weiß bis hinunter zum Hemdkragen, schaute Hank, töricht wie ein Kind, um sich. Dr. Cathcart stammelte einen unverständlichen Ausruf, und als er dies tat, drehte er sich mit einer instinktiven Bewegung blinder Furcht zum schützenden Zelt hin, hielt aber dann wie angefroren inne. Simpson, als einziger der drei Männer, behielt noch ein wenig seine Fassung. Sein eigener Schrecken saß noch zu tief, um irgendeine sofortige Reaktion zulassen. Er hatte diesen Schrei schon einmal gehört.

Simpson wandte sich an seine leidgeprüften Begleiter und sagte mit fast ruhiger Stimme –

"Das ist der Schrei, den ich gehört hatte – die genauen Worte, die er gebraucht hat!"

Dann richtete er sein Gesicht gen Himmel und rief laut, "Défago, Défago! Komm runter zu uns! Komm runter – !"

Noch bevor es die Gelegenheit für irgendjemanden gab, eine bestimmte Handlung in der einen oder anderen Richtung vorzunehmen, kam der Klang vor etwas, das schwer zwischen die Bäume hindurchfiel und die Äste auf dem Weg nach unten streifte. Mit einem fürchterlichen Schlag landete es auf der gefrorenen Erde darunter. Sein Aufprall und der Donner waren wirklich furchterregend.

"Das ist er, so mir der gute Gott helfe!", kam es von Hank heraus, in einem flüsternden, halb erstickten Schrei. Seine Hand ging automatisch hin zum Jagdmesser an seinem Gürtel. "Und er kommt! Er kommt!", fügte er hinzu, mit einem absurden Lachen des Entsetzens, als die Klänge von schweren Fußschritten, die knirschend über den Schnee kamen, deutlich hörbar wurden und sich dem Lichtkegel näherten.

Und während diese Schritte mit stolpernden Bewegungen näher und näher kamen, standen die drei Männer rund um das Feuer, bewegungslos und stumm. Dr. Cathcart hatte das Herannahen eines Mannes plötzlich erstarren lassen, selbst seine Augen bewegten sich nicht.

Hank, der in schockierender Weise litt, erschien wieder am Rand einer ungestümen Handlung zu sein, tat aber trotzdem nichts. Er selbst war zu Stein erstarrt. Wie leidgeprüfte Kinder sahen sie aus. Das Bild war grässlich.

Und in der Zwischenzeit, ihr Verursacher immer noch unsichtbar, kamen die Fußschritte näher und knirschten im gefrorenen Schnee. Sie war endlos – zu lange anhaltend, um Wirklichkeit zu sein – diese bedächtige und unbarmherzige Annäherung. Sie war verflucht.

VIII

Dann, endlich, brachte die Dunkelheit etwas heraus, das sie bisher so mühselig versteckt gehalten hatte – eine Gestalt. Sie bewegte sich vorwärts in die Zone ungewissen Lichts, wo sich Feuer und Schatten vermischten, keine drei Meter entfernt. Dann hielt sie inne und starrte sie fest an.

Im gleichen Moment ging sie weiter vor, mit der krampfhaften Bewegung von etwas, das von Drähten bewegt wird. Als sie näher an sie herankam, voll in den Schein des Feuers, erkannten sie nun, dass es – ein Mann war, und offensichtlich war dieser Mann – Défago.

Etwas, wie der Schleier des Grauens, kam in diesem Moment fast spürbar über jedes Gesicht, und drei Augenpaare schienen hindurch, als würden sie über die Grenzen normalen Sehens hinaus, ins Ungewisse blicken.

Défago trat nach vorne, sein Schritt stockend und unsicher. Er kam direkt zu ihnen hin, zuerst zur ganzen Gruppe, und dann drehte er sich scharf herum und starrte direkt in das Gesicht von Simpson.

Der Klang einer Stimme kam über seine Lippen –

"Hier bin ich, Boss Simpson. Ich hörte jemanden nach mir rufen."

Es war eine schwache, vertrocknete Stimme, die durch enorme Anstrengung keuchend und atemlos wurde. "Ich hatte einen richtigen Trip durch das Höllenfeuer, das hatte ich", und er lachte und schob seinen Kopf näher an das Gesicht des anderen.

Aber dieses Lachen startete die Maschinerie der Gruppe von Wachsfiguren mit der wachsweißen Haut.

Hank sprang sofort nach vorne, mit einem Haufen Flüchen, so weit hergeholt, dass Simpson sie überhaupt nicht als Englisch erkennen konnte, und dachte wohl, er wäre in die indianische- oder eine andere Sprache hinübergewechselt.

Er stellte nur fest, dass die Anwesenheit von Hank, der so heftig zwischen sie kam, willkommen war – ungewöhnlich willkommen. Dr. Cathcart, obwohl etwas ruhiger und gemächlicher, kam hinter ihm mit starkem Stolpern näher.

Simpson bekam nur verschwommen mit, was in den nächsten wenigen Sekunden gesagt und getan wurde, da die Augen dieses abscheulichen und verfluchen Gesichts aus solch einer kurzen Distanz in sein eigenes blickten, dass sie seine Sinne zuerst aufs Höchste verwirrten.

Er stand nur still da. Er sagte nichts. Er hatte nicht den geschulten Willen der älteren Männer, der sie zum Handeln zwingt, trotz aller emotionalen Beanspruchung. Er sah ihnen zu, als wären sie hinter einem Glas, das ihre Realität halb zerstörte: Es war wie im Traum, widernatürlich.

Dennoch hörte er den autoritären Ton seines Onkels durch den Strom von Hanks sinnlosen Phrasen hindurch – hart und bestimmt. Er sagte verschiedene Dinge über Nahrung und Wärme, Decken, Whisky und den Rest ..., und weiterhin kam der Duft dieses durchdringenden, ungewohnten Geruchs in seine Nasenlöcher gestürmt, widerlich und dennoch in seiner Süße verwirrend, während allem, was noch kommen sollte.

Es war jedoch keinen Geringerer als er selbst, obwohl weniger erfahren und schlagfertig als die anderen, der instinktiv denjenigen Satz hervorstotterte, der ein Maß an Erleichterung in die gespenstische Szene brachte, indem er die Zweifel und Gedanken, die im Herzen jedes Einzelnen waren, ausdrückte.

"DU – bist es, ist es nicht so, Défago?", fragte er fast unhörbar, und der Schock unterbrach sein Sprechen.

Sofort brach Cathcart heraus mit seiner lauten Antwort, noch bevor der andere Zeit hatte, seine Lippen zu bewegen. "Natürlich ist er es! Natürlich ist er es! Es ist nur so – kann man das nicht sehen – dass er fast tot ist vor Erschöpfung, Frieren und Angst! Ist *das* nicht genug, einen Mann bis zur Unkenntlichkeit zu verändern?"

Er sagte dies, um sich selbst zu überzeugen, genauso wie die anderen. Allein seine Überbetonung hat das bewiesen. Immer wieder, während er sprach und handelte, hielt er ein Taschentuch an seine Nase. Dieser Geruch durchdrang das ganze Lager.

Défago, der zusammengekauert vor dem großen Feuer saß, eingewickelt in Decken und heißen Whisky trank und Essen in zerschundenen Händen hielt, war nicht mehr so wie der Führer, den sie zuletzt lebend gesehen hatten, sondern so wie ein Mann von sechzig Jahren einer alten Fotografie aus seiner Jugend ähnlich sieht, im Kostüm einer anderen Generation.

Nichts kann diese geisterhafte Karikatur beschreiben, diese Parodie, die sich dort im Schein des Feuers als Défago ausgibt.

Aus den Fragmenten der dunklen und schrecklichen Erinnerungen heraus, die er sich immer noch bewahrt, erklärt Simpson, dass sein Gesicht mehr tierisch als menschlich war, die Gesichtszüge in falsche Proportionen gezogen, die Haut lose und herunterhängend, so, als wäre er außergewöhnlichem Druck und Spannungen ausgesetzt gewesen.

Es ließ ihn verschwommen an diese Gesichter aus Blasen denken, wie sie die Straßenhändler auf Ludgate Hill füllen, und die ihren Ausdruck ändern, während sie anschwollen, und wenn sie zusammenfallen, geben sie eine schwache und heulende Imitation einer Stimme von sich. Sowohl das Gesicht als auch die Stimme legten eine solch abscheuliche Ähnlichkeit nahe.

Aber Cathcart, lange danach, beim Versuch, das Unbeschreibliche zu beschreiben, behauptet, dass dies so ausgesehen haben könnte wie ein Gesicht und ein Körper, die in einer so dünnen Luft waren, ohne Gewicht und Atmosphäre, sodass die gesamte Struktur drohte, auseinanderzufliegen und *zusammenhanglos* zu werden …

Es war Hank, obwohl verzweifelt und vor einem immer größeren Ausmaß an Bewegtheit zitternd, die er weder beherrschen noch verstehen konnte, der die Dinge ohne große Umschweife auf den Punkt brachte. Er ging ein wenig vom Feuer weg, offensichtlich so, dass ihn das Licht nicht zu sehr blenden würde, gab seinen Augen für einen Moment mit beiden Händen Schatten und schrie in einer lauten Stimme, die Wut und Zuneigung in schrecklicher Weise mischte:

"Du bist nicht Défago! Du bist überhaupt nicht Défago! Es ist mir egal, aber das bist nicht du, mein alter Kamerad seit zwanzig Jahren!"

Er starrte dermaßen auf die zusammengekauerte Gestalt, als wolle er sie mit seinen Augen zerstören. "Und wenn es so wäre, würde ich den Fußboden in der Hölle mit einem Wattebausch auf einem Zahnstocher schrubben, so helfe mir der gute Gott", fügte er noch hinzu mit einem wilden Blick voll Schrecken und Abscheu.

Es war unmöglich, ihn zum Schweigen zu bringen. Er stand da und schrie wie ein Besessener, schrecklich anzusehen, schrecklich anzuhören – *denn es war die Wahrheit*. Er wiederholte sich in fünfzigfach verschiedener Weise, jede davon haarsträubender als jene zuvor. Die Wälder hallten wider von den Echos. In einem Moment sah es so aus, als wollte er sich selbst auf den 'Eindringling' stürzen, da seine Hand immer wieder zum langen Jagdmesser an seinem Gürtel ging.

Aber am Ende unternahm er nichts, und der ganze Gefühlsausbruch endete nach sehr kurzer Zeit in Tränen. Hanks Stimme versagte plötzlich, er brach auf den Boden zusammen, und Cathcart konnte ihn auf die eine oder andere Weise überreden, ins Zelt zu gehen und sich still hinzulegen. Der Fortgang der Angelegenheit wurde jedoch von ihm hinter der Zeltplane verfolgt, und sein weißes und verängstiges Gesicht lugte durch den Schlitz in der Eingangsklappe des Zelts.

Dann war Dr. Cathcart an der Reihe, dicht gefolgt von seinem Neffen, der bisher seine Courage besser als alle anderen im Griff hatte. Er stand in entschlossener Haltung gegenüber der Gestalt von Défago, der am Feuer niederkauerte. Er schaut ihm gerade ins Gesicht und sprach, anfangs mit fester Stimme.

"Défago, erzähle uns, was passiert ist – nur ein wenig davon, damit wir wissen, wie wir die am besten helfen können." Er fragte in einem autoritären Ton, fast wie bei einem Kommando. Und an diesem Punkt *war* es ein Kommando.

Jedoch, direkt danach, veränderte der Ton seine Eigenschaften, da die Gestalt ihm ein Gesicht zuwandte, so bemitleidenswert, so schrecklich und so wenig menschlich, dass der Doktor vor ihm zurückschreckte wie vor etwas spirituell Unreinem. Simpson, der alles dicht hinter ihm beobachtete, sagt, dass er den Eindruck von einer Maske bekam, die kurz davor war, abzufallen, und dass sie darunter etwas Schwarzes und Teuflisches entdecken würden – vollkommen offengelegt.

"Raus damit, Mann, raus damit!" Cathcart schrie, der Schrecken ging Hand in Hand mit einem Bitten. "Keiner von uns kann das länger aushalten!" Es war der Ausruf des Instinkts über die Vernunft.

Und dann antwortete Défago, mit einem *weißlichen* Lächeln und mit einer dünnen und verblassenden Stimme, die sich bereits verwandelte, in den Klang eines ganz anderen Wesens – "Ich habe dieses große Wendigo-Ding gesehen", flüsterte er und roch die Luft um ihn herum, genau wie ein Tier. "Ich war auch bei ihm –"

Ob der arme Teufel noch mehr gesagt hätte oder ob Dr. Cathcart mit dem unmöglichen Kreuzverhör fortgefahren wäre, kann man nicht wissen, denn in diesem Moment konnte man Hank mit lauter Stimme hinter der

Zeltwand schreien hören, die alles verdeckte, nur nicht seine angsterfüllten Augen. So ein Geheule hatte man noch nie vernommen.

"Seine Füße! Oh, Gott, seine Füße! Schaut auf seine großen verwandelten Füße!"

Défago, der sich von seinem Platz umsetzte, hatte sich so bewegt, dass zum ersten Mal seine Beine voll beleuchtet waren und seine Füße sichtbar wurden. Dennoch hatte Simpson keine Zeit gehabt, genau zu sehen, was Hank gesehen hatte. Und Hank selbst war danach nicht in der Lage, das zu sagen.

Im gleichen Augenblick, mit einem Sprung wie von einem aufgeschreckten Tiger, war Cathcart über ihm und schlang die übereinanderliegenden Decken um seine Beine mit einer solchen Geschwindigkeit, dass der Student nur einen vorübergehenden Blick auf etwas Dunkles und seltsam Zusammengezogenes erhaschen konnte, wo Füße in Mokassins sein sollten; aber selbst das hatte er nur mit Ungewissheit sehen können.

Dann, noch bevor der Doktor Zeit hatte, mehr zu tun oder Simpson über eine Frage nachdenken konnte, geschweige denn, sie zu stellen, stand Défago aufrecht vor ihnen und versuchte mit Schmerz und unter Schwierigkeiten die Balance zu halten, und auf seinem unförmigen und verdrehten Gesicht war ein Ausdruck, so dunkel und boshaft, dass es, im wahrsten Sinne des Wortes monströs war.

"Nun hast du sie auch gesehen," keuchte er, "du hast meine feurigen, brennenden Füße gesehen! Und nun, es sei denn, du könntest mich retten, ist es höchste Zeit zu – "

Die klägliche und beschwörende Stimme wurde durch ein Geräusch unterbrochen, dass klang wie das Tosen des Windes, der über den See kam. Die Bäume über ihnen schüttelten ihre verhedderten Äste. Das lodernde Feuer neigte seine Flammen wie unter einer Druckwelle. Und irgendetwas schwebte mit einem schrecklichen, stürmischen Geräusch über dem kleinen Lager und schien dieses in einem einzigen Augenblick völlig einzukreisen.

Défago schüttelte die Decken um ihn herum von sich ab, drehte sich in Richtung des Waldes hinter ihm, und mit der gleichen, stolpernden Bewegung, die ihn herbrachte, – war er verschwunden – verschwunden, noch bevor irgendjemand auch nur einen Muskel bewegen konnte, um ihn daran zu hindern; verschwunden, mit einer verblüffenden, tollpatschigen Geschwindigkeit, die keine Zeit zum Handeln bot. Die Dunkelheit hatte ihn vollkommen verschluckt; weniger als ein Dutzend Sekunden später hörten die drei Männer, die mit getroffenen Herzen zusahen und lauschten, einen Schrei über die schwankenden Bäume und dem Brüllen des plötzlich einsetzenden Windes hinweg, der aus einer großen Höhe und Distanz herunterzufallen schien…

"Oh! Oh! Diese feurige Höhe! Oh, meine feurigen Füße! Meine brennenden feurigen Füße …!" Dann verstarben die Rufe im endlosen Raum und in der Stille.

Dr. Cathcart – plötzlich wieder mit der Kontrolle über sich selbst und damit auch über die anderen – konnte Hank heftig am Arm packen, als dieser dazu ansetzte, in den Wald zu rennen.

"Ich will dich erkennen – du…", kreischte der Führer. "Ich will dich sehen! Das ist er nicht, sondern irgendein – Teufel, der diesen Ort heimgesucht hat…!"

Irgendwie – er gab zu, nicht genau zu wissen, wie ihm das gelang – konnte er ihn im Zelt festhalten und beruhigen. Offensichtlich hatte der Doktor einen Zustand erreicht, wo Reaktionen einsetzten, die es erlaubten, dass seine eigenen, ihm innewohnenden Kräfte die Kontrolle übernehmen konnten.

In der Tat konnte er das mit Hank bewundernswert 'hinbekommen'. Es war jedoch sein Neffe – bisher so herrlich kontrolliert, der ihm den größten Grund zur Besorgnis gab, denn die aufgestauten Belastungen führten nun zu einem Zustand der weinerlichen Hysterie, die es notwendig machte, ihn zu auf einem Lager von Ästen und Decken zu isolieren, so weit wie möglich weg von Hank, wie dies unter den gegebenen Umständen möglich war.

Und da lag er nun, als die Zeit in dieser vom Spuk heimgesuchten Nacht im Lager verging, und weinte Sätze des Schreckens und Bruchstücke von Sätzen in die Falten seiner Decken. Eine Menge Kauderwelsch über Geschwindigkeit und Höhe und Feuer mischte sich mit biblischen Erinnerungen aus seiner Schulzeit.

"Leute mit verzerrten Gesichtern, alle in Flammen, kommen zum Lager, in einem schrecklichen, sehr schrecklichen Takt". In der einen Minute würde er stöhnen und sich in der nächsten aufsetzen und in den Wald starren, aufmerksam hinhören und flüstern, "wie schrecklich in dieser Wildnis sind diese – sind diese Füße von denen, die – " bis sein Onkel herüberkam, um seine Gedanken in eine andere Richtung zu lenken und um ihn zu trösten.

Glücklicherweise erwies sich die Hysterie als nur vorübergehend. Der Schlaf heilte ihn, wie er es auch mit Hank tat.

Bis zu den ersten Anzeichen des Tageslichts, kurz nach fünf Uhr, hielt Dr. Cathcart Wache. Sein Gesicht hatte die Farbe von Kreide, und es gab seltsame Rötungen unter seinen Augen.

Die ganzen stillen Stunden hindurch kämpfte die entsetzliche Furcht in seiner Seele mit seinem Willen. Dies waren einige dieser äußerlichen Zeichen…

Als die Morgendämmerung kam, machte er selbst Feuer, bereitete das Frühstück und weckte die anderen auf. Dann, als es sieben Uhr war, waren sie bereits gut zu ihrem Hauptlager unterwegs – drei verwirrte und leidende Männer, aber jeder, auf seine eigene Weise, hatte seine innere Unruhe auf einen mehr oder weniger geordneten Zustand reduziert.

IX

Sie sprachen wenig, und wenn sie dies taten, dann nur über höchst unbedenkliche und allgemeine Dinge, da ihre Köpfe mit schmerzlichen Gedanken aufgeladen waren, die nach Erklärungen schrien, obwohl keiner wagte dies anzusprechen.

Hank, primitiven Verhältnissen am nächsten, war der Erste, der wieder zu sich fand, da er auch der am wenigsten Komplizierte war.

Dr. Cathcart, in seiner 'Zivilisation', setzte seine Kräfte erfolgreich gegen die Attacken ein, was bemerkenswert genug war. Vielleicht ist er sich bis zum heutigen Tag nicht sicher genug, was bestimmte Dinge anbelangt. Wie auch immer, er brauchte länger, 'um sich selbst zu finden.'

Simpson, der Theologiestudent, war es, der seine Schlussfolgerungen traf, möglicherweise in der besten, dennoch nicht höchstwissenschaftlichen Reihenfolge.

Da draußen, im Herzen unberührter Wildnis, wurden sie sicherlich Zeuge von etwas Rohem und grundlegend Primitiven. Etwas, das irgendwie den Fortschritt der Menschheit überlebt hatte, war in unheimlicher Weise aufgetaucht und hat eine Art von Leben offengelegt, das immer noch ungeheuer und unfertig war.

Er betrachtete es eher wie einen flüchtigen Blick in prähistorische Zeiten, als der Aberglaube, gigantisch und ungehobelt, noch immer die Herzen von Menschen unterdrückte und als die Kräfte der Natur noch immer ungezähmt waren. Kräfte, die das urzeitliche Universum noch heimgesucht hatten und die sich noch nicht vollkommen zurückgezogen hatten. Bis heute denkt er an etwas, dass er später in einer Predigt wie folgt beschrieben hat: "Barbarische und gewaltige Kräfte lauern hinter der Seele der Menschen, vielleicht nicht von Übel in sich selbst, dennoch unwillkürlich feindlich gegenüber der Menschheit, so wie sie existiert."

Mit seinem Onkel hatte er die Angelegenheit niemals ausführlich besprochen, da es die Barriere zwischen diesen beiden Arten des Geistes schwierig gemacht hat. Nur einmal, Jahre später, brachte sie etwas wieder näher an den Kern dieser Begebenheit heran – oder eher ein einzelnes Detail dieser Begebenheit…

"Kannst du mir nicht einmal sagen, wie sie aussahen?", fragte er.

Die Antwort, obwohl mit Weisheit ausgedacht, war nicht ermutigend: "Es ist weitaus besser, wenn du nicht versuchst, das zu wissen oder herauszufinden."

"Nun – dieser Geruch …?", bohrte der Neffe weiter. "Was machst du daraus?"

Dr. Cathcart schaute ihn an und hob seine Augenbrauen.

"Gerüche", antwortete er, "sind nicht so leicht zu ergründen wie Klänge oder Anblicke telepathischer Übertragung. Ich mache daraus so viel, oder so wenig, wie du es selbst tust."

Er war nicht so schlagfertig wie gewöhnlich mit seinen Erklärungen.

Das war alles.

Am Ende des Tages, kalt, erschöpft, ausgehungert, kam die Gruppe an das Ende einer langen Reise und schleppte sich in das Lager, das auf den ersten Blick leer schien. Es gab kein Feuer, und auch Punk kam nicht heran, um sie zu begrüßen.

Die emotionalen Fähigkeiten der drei Männer waren zu verbraucht, um Überraschung oder Ärger zum Ausdruck zu bringen, aber der Schrei, der von Hanks Lippen herausbrach, als er nach vorne zur Feuerstelle eilte, kam zugleich als Warnung, dass das Ende dieses unglaublichen Abenteuers noch nicht gekommen war.

Beide, Cathcart und sein Neffe sahen, wie er in seiner Aufregung niederkniete und etwas neben der erloschenen Asche umarmte, das sich in behutsamen Bewegungen zurücklehnte. Sie gaben später zu, dass sie bis auf die Knochen fühlten, dass dieses 'Etwas' sich als Défago erweisen würde – der richtige Défago war zurückgekommen. Und in der Tat – so war es!

Der Rest ist schnell erzählt.

Erschöpft bis zum Punkt der Auszehrung, stocherte der Frankokanadier – oder besser, was von ihm übrig war – in der Asche herum und versuchte Feuer zu machen.

Sein Körper war dort zusammengekauert, und seine schwachen Finger gehorchten nur kraftlos den instinktiven, lebenslangen Gewohnheiten im Umgang mit Zweigen und Streichhölzern.

Aber er hatte nicht länger den notwendigen Verstand und Geist, diese einfachen Arbeiten durchzuführen; sie waren unwiederbringlich entflohen. Und mit ihnen war auch die Erinnerung entflohen. Nicht nur an kürzliche Ereignisse, sondern sein ganzes Leben war dabei ausgelöscht.

Dieses Mal aber war es der richtige Mann, obwohl er unglaublich und schrecklich geschrumpft war.

Sein Gesicht zeigte keinerlei Ausdruck – Furcht, Willkommensfreude oder Wiedererkennen. Es schien so, dass er nicht erkannt hatte, wer ihn umarmte, wer es war, der ihn fütterte, wärmte oder die Worte von Geborgenheit und Erleichterung zu ihm sprach.

Verloren und gebrochen, jenseits aller Reichweite menschlicher Hilfe, tat der kleine Mann demütig das, worum er gebeten wurde.

Das besondere 'Etwas', das ihn zum 'Individuum' machte, war für immer verschwunden.

Auf eine gewisse Weise war das in schlimmer Art bewegender als alles, was sie bisher gesehen hatten – das irre Lächeln, als er Bündel von grobem Moos aus seinen angeschwollenen Backen zog und ihnen sagte, dass er ein 'verdammter Moosfresser' sei oder das wiederholte Erbrechen von einfachstem Essen.

Am schlimmsten war die bemitleidenswerte und kindliche Stimme, mit der er ihnen erklärte, dass ihm seine Füße Schmerzen bereiteten – "brennt wie Feuer" – was allerdings normal genug war, als Dr. Cathcart sie untersuchte und herausfand, dass sie beide fürchterlich gefroren waren. Unter seinen Augen fanden sich schwache Hinweise kürzlicher Blutungen.

Die Einzelheiten, wie er die lang andauernde Belastung überleben konnte, an dem Ort, wo er gewesen war oder wie er die große Strecke von einem Lager zum anderen überbrückt hat – einen gewaltigen Umweg um den See herum eingeschlossen, da er kein Kanu hatte – all das bleibt verborgen.

Seine Erinnerung war komplett verschwunden.

Und noch vor dem Ende des Winters, dessen Anfang Zeuge dieser seltsamen Ereignisse wurde, war auch Défago, beraubt seiner Sinne, seiner Erinnerung und seiner Seele, dahingegangen.

Und was Punk später zur Geschichte beitragen konnte, warf auch kein weiteres Licht darauf.

Er hatte ungefähr um fünf Uhr abends Fisch am Ufer gesäubert – das heißt, eine Stunde, bevor die Suchmannschaft zurückkam – als er den Schatten des Führers sah, der schwach seinen Weg in das Lager suchte. Ihm voraus, so gab er an, kam der schwache Hauch eines eigenartigen Geruchs.

In diesem Moment rannte der alte Punk sofort nach Hause. Er bewältigte die ganze Reise von drei Tagen, wie es nur jemand mit indianischem Blut kann. Die Furcht einer ganzen Rasse hatte ihn vorangetrieben. Er wusste, was dies alles bedeutete:

Défago hatte den Wendigo gesehen.